09/19/16

D1604082

El beso del canguro

Eugenia Rico

El beso del canguro
VIDA DE LÁZARO Y DE SUS FORTUNAS Y ADVERSIDADES

Primera edición: abril de 2016

© 2016, Eugenia Rico
© 2016, de la presente edición en castellano para todo el mundo:
Penguin Random House Grupo Editorial, S. A. U.
Travessera de Gràcia, 47-49. 08021 Barcelona

Printed in Spain – Impreso en España

ISBN: 978-84-8365-444-6
Depósito legal: B-3.583-2016

Impreso en Limpergraf, Barberà del Vallés (Barcelona)

S L 5 4 4 4 6

Penguin
Random House
Grupo Editorial

Para Alma y para Nadav

PARTE 1

«... consideren los que heredaron nobles estados cuán poco se les debe, pues fortuna fue con ellos parcial, y cuánto más hicieron los que, siéndoles contraria, con fuerza y maña remando salieron a buen puerto».

La vida del Lazarillo de Tormes y de sus fortunas y adversidades

I

EL AUSTRALIANO

Puedes cerrar los ojos. No puedes cerrar los oídos. No soy malo pero creo que he matado a un hombre. Me desperté con su sangre en mis manos, con el sabor de la sangre en mi boca, mi camisa empapada, los ojos cegados. Por la sangre. Corrí toda la noche por las calles vacías aunque nadie me perseguía y al amanecer me senté en una gasolinera abandonada y me lavé y no sabía si la sangre era mía o si todo había sido un sueño. Me he peleado desde niño por cosas que no me importaban, he recibido golpes por mujeres a las que no deseaba, cuando quise robar me robaron, cuando creí matar me mataron.

No sé si he matado a un hombre o ese hombre me ha matado a mí y ahora corro en las sombras para perseguir a su fantasma.

Entonces abro los ojos y estoy en la cárcel. Y ella me dice:

—Habla.

Y yo hablo.

Nadie va al funeral de los que mueren por dentro.

Ni siquiera ellos mismos.

Y sin embargo... hoy estoy aquí para que asistas a mi entierro.

Para que llores por mí, para que cierres los ojos y creas que eres otro, en otro lugar, en otro país. Que estás en las Antípodas, al otro lado de la tierra, donde la izquierda es derecha y la derecha es izquierda, que no eres tú sino otro.

Que tú eres yo.

Y yo soy tú.

Y los dos tenemos otra oportunidad.

Han pasado por lo menos veinte años y todavía recuerdo la habitación. A veces me parece que es la única que es real, y no esta otra donde una mujer con los ojos de Estrella me pide que cuente mi vida. Todo fue más fácil desde que conseguí alejarme de aquellas cuatro paredes que creía haber olvidado para siempre. Puedo cerrar los ojos y con los ojos cerrados sigo viendo la mesa camilla con los bordes manchados de tabaco, el sofá-cama gris de plástico y la ventana que se abre a las encinas. Las encinas son lo último que recuerdo mientras caigo, las encinas y la cara de la gente del pueblo, alborozada ante la llegada de la ambulancia.

El día que me gané mi nombre, agosto se colaba por todas las rendijas. Acababa de cumplir seis años y mi madre se había ido a ver a mis primos, que tenían la escarlatina. La sed era como una lombriz traviesa y gotas de sudor resbalaban por la frente de la imagen de la Inmaculada.

Cuando la botella estuvo mediada, la Virgen dejó de torcer la cabeza para mirarme. Entonces fueron todas las cosas del mundo las que se torcieron. Yo daba vueltas a la mesa camilla para ver si podía enderezarla y a cada vuelta el mundo se alejaba un poco más de la apariencia que siempre había tenido.

El anís era dulce y yo tenía mucha sed. El médico dijo que, si hubiese llegado al hospital un cuarto de hora más tarde, habría muerto.

Me hicieron dos lavados de estómago, pero no me acuerdo de eso, sino de la sopa de estrellitas que me daban de comer las monjas. No me acuerdo, porque estuve en coma una semana. Cuando desperté me habían puesto un tubo en la muñeca y no me dejaban jugar con él.

Desde entonces me llaman Lázaro, porque resucité de entre los muertos.

Una tarde, cuando empezaba a cansarme de la sopa de estrellitas, mi madre me dijo que me escapara de la habitación como si fuese a ir al baño. Ella me esperaba en el pasillo con un bocadillo de jamón. Yo no lo sabía, pero ese día habían querido quitarle mi custodia.

Mi madre tenía nueve hijos y ocho de ellos estaban en casas de acogida, y no es que uno más o menos fuese a cambiar su vida.

A los otros se los habían quitado hacía tiempo, cuando era más joven y el dolor no era tan grande. Ahora era una cuestión de orgullo que en el pueblo no se enterasen de que el juez decía que ella no era una buena madre. Aunque mi padre bebiese un poco, eso no tenía nada que ver con las diabluras de los niños.

Todavía ahora recuerdo el sabor de aquel bocadillo de jamón, que fue el único regalo que recibí de mi madre. Nunca, ni antes ni después de mi paso por el hospital, supe lo que era un juguete o una chuchería. El día de Reyes era un día cualquiera hasta que salía a la calle y veía a los demás niños con sus juguetes nuevos. Un año aquellos Reyes cabrones le trajeron

a Juan, el crío que vivía enfrente de nosotros, un coche
teledirigido.

Había salido a la calle el chaval con el coche en una
mano y en la otra el mando a distancia. El cochecito
iba delante de él como un perrito amaestrado. Cuando
lo vi me entró tal rabia que sin pensarlo ni nada me fui
al coche y lo aplasté con mi bota de campo como si el
juguetito fuera una cucaracha. El imbécil del niño se
puso a llorar como una mujeruca a la que le hubieran
matado al gato. Comenzó a chillar, a insultarme. Mejor se hubiera callado. Con la mano izquierda le agarré
del cuello y con la derecha le pegué en la nariz hasta
que la sangre me saltó a la camisa. Le habría matado
si no me lo quitan de delante.

Eso había sido antes. Antes del anís y del hospital,
por lo menos seis meses antes, que para un niño es
mucho tiempo. El tiempo de los niños es tan limpio
que parece eterno. Dejamos de ser niños cuando los
días empiezan a ser sucios e iguales y a pasar más rápido que nosotros. Un día tenemos veinte años y al día
siguiente son treinta, son cuarenta, son cincuenta. La
vida corre cada vez más rápido hacia la muerte como
un carricoche sin frenos cuesta abajo.

El día en que aplasté el coche del niño yo todavía
no había cumplido seis años y gracias a lo pequeño que
era no pasó nada más que una regañiza y una discusión

entre el padre del niño y el mío. Podría haber ido a más, pero mi padre tenía ya la fama que tenía y el vecino no quiso problemas. Se olvidó de mí. En cambio, yo no pude olvidar la amargura de no haber tenido nunca un regalo.

Por eso aquel bocadillo de jamón me supo tan bien. Lo saboreaba y miraba a mi madre con los ojos llorosos. «¿Te duele?», me decía ella; y no es que me doliera el estómago con el jamón y el pan que me estaba tragando, es que por primera vez sentía que alguien me quería; y eso quema las entrañas más que el ácido.

Pocos días después me dieron el alta y volví a la habitación de la mesa camilla.

Durante toda mi vida, cada vez que me emborracho (y me he emborrachado muchas veces) recuerdo la mesa camilla tal y como la vi cuando me desmayaba, y también veo a mi padre aplastándole la cabeza a mamá contra ella.

Papá no era malo; sólo cuando bebía. En aquel tiempo bebía todas las noches.

Me escondía debajo de la mesa camilla y miraba entre los faldones cómo discutía con mi madre. Si las cosas se ponían muy feas, escapaba corriendo para meterme debajo de la cama de mis padres. Cuando oía el portazo de mi padre y el llanto de mi madre, me atrevía a volver a la habitación, donde mamá estaba tirada en el suelo. Iba a buscar el agua oxigenada, que escuece menos que el alcohol, y se la pasaba por la cara y por los ojos hinchados con un trapo de cocina sin dejar de pensar en el día en que llegara a ser lo bastante alto como para matar a mi padre.

Papá no era tan malo. A veces, después de llegar borracho por la noche y pegar a mi madre y perseguirme a mí por toda la casa con su cinturón, venía a mi cuarto y me despertaba con un beso mojado en lágrimas.

«Lázaro, levántate, que voy a enseñarte a andar de noche».

Y salíamos a los campos, dejábamos atrás el camino en la noche cerrada con una luna raquítica escondida entre las sombras, y mi padre me enseñaba a andar en la oscuridad guiándome por los sonidos de la tierra y que las cosas claras son duras y las oscuras, blandas.

Por la mañana me tendía entre las encinas. Dejaba que las ovejas invadieran las fincas de los vecinos sin preocuparme por mis obligaciones de pastor. Miraba al cielo y rogaba que mi padre dejara de beber.

Se lo pedía a las águilas que volaban por encima de mí y que debían ver a Dios aunque no existiera.

Seguía bebiendo cuando cumplí los catorce años y me fui de casa.

Cuando llegó el australiano, yo era demasiado alto para esconderme debajo de la mesa camilla pero no lo bastante grande como para matar a mi padre.

El australiano era un primo de mi madre, un grandullón con las manos pequeñas y llenas de anillos, pelirrojo y un poco bizco. Se había marchado del pueblo hacía muchos años y, cuando ya nadie se acordaba de él, volvió un verano con cajas de sortijas para todas las chicas de la familia, y decía que eran rubíes. Hasta a mi madre le regaló una. Sólo hacía regalos a las mujeres, quizá porque su padre los había abandonado cuando chicos.

Le gustaba sentarse debajo de la parra al lado de la iglesia, rodeado de muchachas, para hablarles de la tierra roja de Australia. Decía que en Australia los parados tenían piscinas y que la gente se iba a merendar armada con rifles para matar a los cocodrilos. A mí me encantaba escucharlo y preguntarle por las medusas que mataban a un hombre con sólo tocarlo y por su casa de madera, con un jardín grande donde crecían los árboles del mango.

Yo nunca había probado los mangos, a pesar de que en el pueblo existían todas las frutas del mundo. Siempre en un número exiguo como muestras de lo miniatura que era nuestro universo. Había dos nogales, cinco higueras, dos de higos y tres de brevas, diez manzanos y otros tantos perales, un membrillo y un cerezo y, en el huerto del tío Enrique, un solitario fresal.

Casi todas las noches íbamos los muchachos más atrevidos del pueblo a robar fresas, no porque creyésemos que lo conseguiríamos sino por desafiar al tío Enrique, que, como un espantapájaros, se pasaba toda la noche velando su fresal.

Fue así como me hice amigo del australiano: cuando él me contaba que los mangos de su casa eran la fruta más sabrosa del mundo, yo le conté que el tío Enrique tenía unas fresas de una clase nueva que nadie había comido nunca. El caso es que se empeñó en que fuera con él a robar fresas. Yo no quería. Le había prometido a mi madre dejar en paz al tío Enrique, que en el fondo me daba un poco de pena. Me hice mucho de rogar y así le arranqué la promesa de que me llevaría con él a Australia.

—No me dejes tirado con lo del tío Enrique —decía— y yo no te dejaré tirado en este agujero. Te llevaré al otro extremo del mundo donde está derecho todo lo que aquí está torcido.

Desde aquel día, yo soñaba con la tierra roja de Australia, donde hay hormigueros que parecen castillos y montañas mágicas con oro y diamantes, y nadie es pobre, y está prohibido pegar a las mujeres, y a los hombres como mi padre los meten en la cárcel. Porque todo eso y muchas más cosas me contaba el australiano para que yo le dejara probar las fresas del tío Enrique: que los aborígenes de Australia hablaban sin palabras, y que son como monos pero saben el camino a todas las riquezas de la tierra, y que había montañas llenas de manos embrujadas donde se habían posado los extraterrestres, y que en Australia todo el mundo tenía coche y mujer y una casa bonita donde plantar el árbol del mango.

Para que le creyera, me regaló una foto en la que se le veía de pie delante de un montículo marrón, tan alto como un edificio (un edificio negro arrasado por los extraterrestres) y que él decía que era un palacio de hormigas. La foto la tengo todavía y la miro cada vez que quiero convencerme de cosas imposibles.

Por fin una noche sin luna escapé de casa para reunirme con el australiano, que me esperaba en el camino. Sabía que los demás chicos del pueblo ya habrían pasado por la huerta del tío Enrique haciendo ruido y esperaba que el viejo se hubiese confiado. Hasta puede que estuviera dormido porque, aunque el tío Enrique era el tipo de persona que parece que nunca duerme, seguro que incluso él necesitaba dejar de ser él mismo por un rato y soñar.

Estaba orgulloso de que el australiano me hubiese escogido a mí, aunque es verdad que los otros muchachos no le hacían mucho caso e incluso se atrevían a asegurar que Australia no existía.

Tenían tres argumentos infalibles:

1-no habían estado nunca allí,

2-nadie conocía a nadie de allí,

3-y el argumento definitivo: Australia nunca había salido en las noticias de la tele.

Yo sabía que Australia estaba al otro lado de todas las cosas, donde el Sur era Norte y el Norte era Sur y todos los sueños eran posibles: al otro lado del mundo, donde caería una moneda si pudiese atravesar la tierra y donde yo tendría que haber nacido si el mundo fuese justo.

El mundo no era justo y yo estaba delante de la huerta del tío Enrique agarrándome la hebilla del pantalón para que no me arrastrara por el suelo.

Se oían los grillos y los ruidos nerviosos de los sapos. La sonrisa del australiano brillaba como si fuera de metal. Quedaban pocas estrellas en el cielo y mis zapatos hacían ventosa en el barro del camino. Llegamos a la huerta del tío Enrique y la tierra estaba mansa y quieta como un gato dormido. Me metí por debajo de las alambradas y el australiano saltó por encima de ellas. Sentía el vientre flojo por el miedo. Pensaba en las maravillas que vería cuando me fuese con el australiano. La casa del tío Enrique nos miraba desde el fondo como un fantasma con todas sus luces apagadas. No había ni rastro del viejo. Nos lanzamos de rodillas sobre el fresal como si fuéramos lobos atacando un cordero. Yo me reía de mi buena suerte y arrancaba trozos rojos con los dientes mientras metía las fresas en el saco de tela que habíamos traído. El sabor de las fresas me calmaba los latidos del corazón y de pronto me encontré con la tierra entre los dientes y con el dolor del trueno en la cabeza.

El tío Enrique me dio tan fuerte con su garrote que creyó que me había matado y no por eso paró de golpearme los riñones y la espalda, que me dejó llena de todos los dolores. Por un momento quise alzarme y otra vez el mundo se hizo negro debajo de los palos. Pensé que el australiano me salvaría pero había desaparecido.

Al abrir los ojos allí estaba mi padre. Me dejó dormir en un pajar y no me pegó más esa noche. Cuando vio que recuperaba el sentido, me ató a un poste, me desnudó, frotó con ortigas las heridas que el tío me había hecho y me dejó atado todo el día.

Por la noche volvió con el tío Enrique. Era la primera vez que yo lo veía de cerca y no tenía más dientes que uno de oro que parecía hojalata. El viejo sonreía con su único diente:

—¿Quién estaba contigo anoche, muchacho? —Y como yo no contestaba—: Siento si te lastimé.

Y se reía mirando a mi padre como si hubiera dicho una gracia. Yo lloraba sin contestar, los dientes clavados en la estaca a la que estaba atado.

Al final se fueron y vino mi madre, que me desató y me lavó las heridas con vinagre, al tiempo que me tocaba la frente, y también ella me preguntaba:

—¿Quién andaba contigo?

De mí sólo había quedado el dolor y un fuego que se hacía como de algodón en la fiebre, y no tenía fuerzas para contestar. Estuve una semana en cama y al levantarme me dijeron que le habían robado todos los dineros al tío Enrique mientras estaba entretenido moliéndome a palos y que el australiano había desaparecido del pueblo. Durante meses seguí creyendo que vendría a buscarme para llevarme con él a Australia.

Entonces descubrí que la gente podía mentir; mi padre podía matarte pero no mentía: si te decía que te iba a dar cien veces con el cinturón, te daba cien veces con el cinturón contando los golpes con avaricia.

Cuando ya era dos palmos más alto que la mesa camilla y le llegaba por los hombros a mi padre, él apareció un día con dos corderas chiquitinas y casi medio muertas de hambre que había conseguido en quién sabe qué trato. Como pensaba que no vivirían mucho, me regaló una. Yo la llamé Choni y la llevaba conmigo a todas partes como si fuera un perro. La otra oveja, la que no tenía nombre, se murió enseguida, pero la Choni, como si el nombre hubiera sido para ella un talismán misterioso, se resistió a morir por fidelidad hacia mí. Al año siguiente comenzó a traer corderos y a partir de entonces siempre estuvo preñada, sin perder su cualidad raquítica, como si pariese bebés invisibles. Las hembras nos las quedábamos y los machos los vendíamos y en cada venta había un problema en casa.

—La cría es del muchacho —decía mi madre a mi padre—, tú le diste la oveja.

Y comenzaban una nueva discusión. Al final, mi padre siempre me daba algo, no por mamá, sino porque ya era mucho más alto que la mesa camilla y cada vez me tenía más miedo.

Con las crías de la Choni, el rebaño iba aumentando. No tenía tiempo de ir al colegio, los días se me iban en el monte con las ovejas. Era la primera vez que tenía algo mío y me parecía que, si todo seguía saliendo bien, pronto podría marcharme a Australia. Sin embargo, con sólo una oveja criando no se podía formar un rebaño ni mantener a una familia, así que cuando

pasaba silbando al lado de la tapia de un campo donde pastaban las ovejas del señor marqués, que a veces
guardaba mi primo, una cordera joven sin marcar saltaba por el aire por arte de magia para caer en medio
de mi rebaño que seguía alegremente cañada arriba con
un trotecillo que se alegraba del refuerzo.

Y sin embargo, a mí nadie había de darme nada;
al contrario, si me descuido, me lo quitan todo. Desde
niño tuve que ser yo el que con maña salí adelante hasta llegar adonde estoy ahora, en la cumbre de mi buena
fortuna.

Al año siguiente, en las fiestas del pueblo, fui por
primera vez a la verbena como un hombre. Fumando
tabaco negro y bebiendo cubatas en vasos de plástico
como los demás. La verbena de mi pueblo era bonita
de veras. Había muchas luces de colores y las chicas de
mi edad echaban los codos hacia atrás cuando me veían,
porque ya era grande y ellas también, y tenían tan buenas tetas como cualquiera.

No sé si bebí mucho, creo que no, porque apenas
llevaba dinero; pasé la noche intentando meterle mano
a mi prima Desi. La Desi era muy suya y muy sí pero
no, así que fui para casa cabreado y más caliente que
una perra en celo.

Aunque era tarde vi que había luz en mi casa. Me
hizo toser el olor del brasero que atufaba desde la mesa
camilla. Mi madre estaba recostada en la mesa con los
cabellos enmarañados y casi grises, arañando el mantel

de plástico. Primero creí que estaba dormida, luego vi que la estremecían pequeñas sacudidas y que de vez en cuando se sonaba con el delantal. Pensé que había sido mi padre y, caliente como iba, creí que era el momento de darle una buena paliza.

Porque para entonces no sólo era más alto que la mesa camilla sino dos palmos más alto que mi padre.

Mamá estaba sola y, al verme, se abalanzó sobre mí sin dejar de llorar:

—Ay, hijo mío…

Vi que mi padre, en verdad, le había pegado otra vez. Tenía las mejillas manchadas de rosas oscuras.

—¿Qué ha pasado, mamá?

—Tu padre…, que ha vendido el rebaño.

—¿Todo mi rebaño? ¿Y la Choni?

—A la Choni la mató esta mañana. Vino con sus amigotes, borracho como una cuba, y me obligó a prepararla para almorzar… Yo no quería, hijo, bien sabe Dios que por eso me pegó, que yo le dije que tú le matarías cuando te enteraras.

No seguí oyendo las palabras de mi madre, comencé a temblar como si hubiera agarrado un cable eléctrico entre los dientes. Nunca le había puesto la mano encima a mi padre, más que nada por respeto, aunque hacía un tiempo que no se atrevía a pegar a mi madre cuando yo estaba delante. Sabía que era más fuerte que él, pero también que le respetaba, más que nada por superstición, porque era mi padre y no está bien que los hijos peguen a los padres. Cuando pensaba en la Choni, deseaba que no fuera mi padre, prefería ser hijo de un carbonero que hubiese pasado por allí, así podría matar a aquel hombre sin remordimientos.

Madre seguía llorando y pidiéndome que no hiciera locuras. Me levanté y fui a mi cuarto; no me llevó ni diez minutos reunir todo lo que tenía en el mundo y meterlo en una bolsa de plástico: un mechero de yesca, el calendario de grandes tetas rubias en bikini y cuatro calzoncillos. Mi vida cabía en la palma de mi mano. Quería marcharme antes de que hubiera una desgracia.

Quiso la mala suerte que se hubiesen cerrado ya las tabernas y que las mujeres de sus amigos hubieran ido a buscarlos y mi padre, sin saber para dónde tirar, tirara para su casa y se plantara delante de mí justo cuando yo salía por la puerta.

Cuando mi padre me vio los ojos inyectados en sangre, se le quitó la borrachera de golpe. Le eché las manos al cuello decidido a quitarle hasta el último aliento asqueroso a vino. El viejo no estaba tan débil como había pensado: me lanzó contra la pared de un empujón y caí en medio de la sala a los pies de mi madre que lloraba y de la mesa camilla. Él se puso a darme patadas mientras yo me protegía la cabeza. Se distrajo en darle una bofetada a mi madre, que lo había abrazado por detrás para apaciguarlo. Ese error lo pagó caro. Yo era más joven y más rápido que él, así que me levanté y lo golpeé en lo que menos tenía de hombre. Gritó como un cerdo. Sin darle tiempo a reaccionar, cogí la mesa camilla, la levanté con brasero y todo y la hice astillas sobre la cabeza de mi padre, que se abrió paso en el conglomerado como si aquello fuese su garrote vil.

Se quedó allí con los pies debajo de la mesa y un hilillo de sangre o de baba manchándole la camisa. Creí que lo había matado. No me detuve a comprobarlo ni a besar a mi madre. Corrí toda la noche por la carretera hasta que, al amanecer, caí sentado en una cuneta; allí me recogió un camión que subía hacia el Norte con fresones de Huelva.

El horizonte estaba arañado por jirones violeta y las casas se veían oscuras como perros tristes.

Ya estaba más cerca de Australia.

II

ESTRELLA

Puedes cerrar los ojos pero no puedes cerrar los oídos. Escucho la gota de agua y no sé si es la de mi celda o la del fregadero de mi madre o si es mi propia sangre que cae en un pozo sin fondo.

En la cárcel me hablaron de un preso con el que hicieron un experimento. Un hipnotizador le tocó el brazo con un cuchillo y le dijo que le había abierto a cuchillo la vena más grande del cuerpo y que a partir de ese momento se desangraría. Luego dejó caer agua en un cubo con un cuentagotas. El tío lo oyó en el trance y se creyó que era su sangre. Al poco tiempo murió con todos los síntomas de haberse desangrado a pesar de que no le habían tocado ni un pelo. En noches como esta pienso que yo soy ese preso y todo está en mi mente: mi padre pegando a mi madre, yo matando a mi padre. En días como hoy siento que mi vida es esa gota que cae en el retrete y se pierde por las alcantarillas.

Puedes cerrar los ojos pero no puedes cerrar los oídos.

La gota de agua cae sobre mi cabeza como si fuera una gota de sangre. No hay quien pueda dormir con esa gota que rompe el cráneo. Intento apartarme y siento la humedad en la almohada como si fueran las lágrimas de otro.

No puedo dormir y no puedo pensar, y tengo que pensar. Dice la psicóloga que tengo que recordar más, mucho más de todo aquello si quiero salir de aquí. Cómo se nota que en la vida de la psicóloga recordar es pensar en cosas agradables que ya pasaron. Para mí, recordar es sentir que cualquier tiempo pasado fue peor. Sólo tengo una cosa clara: el Infierno es un círculo y el cielo es una línea recta. El Infierno es aquí. Recordar una y otra vez cosas que sucedieron y no poder cambiarlas. Estoy condenado a mi pasado. El Cielo sería seguir adelante. Adelante por una carretera sin obstáculos como la vida de los ricos. Cierro los ojos y sueño con ella y entonces oigo la gota de agua que se escapa del lavabo como si fuera la última gota de sangre del condenado a muerte. Sigo aquí, en estas sábanas de mierda, en esta celda de mierda, en este mundo de mierda.

Si malo es estar en la cárcel, lo peor es recordar cómo llegué a ella.

Y le digo a la psicóloga que no soy ni más malo ni más bueno que los demás. Si estoy en el trullo es por inocente y por dejarme calentar la cabeza por las mujeres; que si «que te entregues», que si «tengo miedo».

Fui a la comisaría y ya no salí y volví a encontrarme en la habitación cerrada de mi infancia, como si no hubiese pasado tanto tiempo ni tantas cosas.

De todo lo que me ha pasado en la vida, siempre digo que el pueblo fue lo más duro. Cuando me vi en Barcelona pareció que por fin había llegado a alguna parte. Sin mucho trabajo encontré uno de camarero en el bar de un paisano que, cada año, se traía a un chaval del pueblo y le hacía currar por la comida hasta que se espabilaba y se iba a otro sitio.

El dueño decía que nos hacía un favor: «Os saco de aquel agujero, os enseño lo que es la vida y encima no me lo agradecéis».

Yo le miraba los grandes ojos de pez aumentados por los anteojos negros y pensaba que, a mí, quien me había enseñado lo que era la vida era el australiano. El patrón era miope y bizco, con un ojo mirando a Levante y otro a Poniente, como si no pudieran ponerse de acuerdo en nada. Desde lo del australiano tenía debilidad por los bizcos aunque no me fiaba de ellos. Y mi jefe era demasiado bizco para mi gusto.

Mi compañero de curro era un chaval grandote de Murcia que había perdido una pierna cruzando la vía del tren delante de un Talgo. Llevaba una pierna de plástico que se quitaba los días de calor y a la que quería como a una novia. Él y yo vivíamos en un piso del dueño con otra gente que le tenía alquiladas habitaciones con derecho a cocina y a los que nunca veíamos, porque ellos trabajaban de noche y nosotros de día. Después de trabajar, nos pasábamos el rato en la salita con los dos sofás de escay rotos en las esquinas, mirando una tele en blanco y negro que se apagaba a cada momento y que mi compañero resucitaba con pertinentes golpes del palo de la escoba.

Comíamos en el bar. Bocadillos de calamares engullidos sobre cajas de cerveza vacías, o pinchos de bonito con tomate devorados a la sombra de los jamones que estrellaban el techo. No gastaba mucho pero no ahorraba nada, y a ese paso nunca llegaría a Australia.

Nunca estaba solo. El miedo y los remordimientos iban conmigo a todas partes. En sueños veía la cabeza de mi padre ensangrentada y me despertaba para escapar de él en las sombras del pasillo. Cada vez que veía un hombre de espaldas me parecía que era él. Me lo encontraba en los billares y en los viejos que fumaban colillas y las tiraban al suelo delante del bar. Cuando

EL BESO DEL CANGURO

alguien entraba temía que fuera la policía o, peor aún, que fuera mi padre que venía a por mí.

Nadie vino, así que empecé a dejarme arrastrar por el río de los domingos iguales, de las cañas y el futbol y pensé que eso era la vida.

Tardé dos años en espabilarme del todo e irme, y sólo uno en abrir los ojos lo suficiente para comenzar a mangar en las propinas.

Como el dueño no me quitaba ojo, cada vez que un cliente me daba algo abría la caja registradora y hacía saltar las monedas de veinte duros. Saltaban como peces hacía el anzuelo y yo las recogía con el tarro de cristal que nos servía de hucha.

—Bote —gritaba, y nunca se habían conocido tantas propinas en aquel bar.

Mi compañero me miraba de reojo con un gesto de temor. Yo compartía las ganancias y corría el riesgo solo, así que le traía cuenta ir a lo suyo y fijarse en la tele mientras las monedas repiqueteaban con alegría.

Mis pequeños robos me reportaban escasas ganancias pero un gran placer, la sensación de que no sólo el mundo podía joderme sino que yo también podía joder al mundo.

Aunque puede que el mundo y yo no quisiésemos decir lo mismo cuando hablábamos de joder.

De todas formas, estaba claro que, trabajando por la comida y sin más ahorros que lo que iba mangando no iba a llegar ni a Australia ni a ningún sitio. Toda mi pícardia apenas me daba para comprar tabaco. Así que me dejé convencer por el cojo para reinvertir el dinero del bote en jugar a la Primitiva. Se trataba de rellenar unos papeles que parecían fórmulas mágicas y además lo eran porque no sólo podían llevarte a Australia sino a cualquier sitio.

Estaba seguro de que acabaría tocándonos la Primitiva, no estaba tan seguro de aguntar lo suficiente para llegar a verlo. Lo de la lotería y las propinas iba lento y yo tenía prisa porque en cualquier momento la policía podía entrar en el bar a llevarme preso por haber matado a mi padre.

No me atrevía ni a llamar al pueblo hasta que un día llegó una carta de mi madre. Así supe que todavía no había matado a nadie, aunque más hubiera valido que sí porque, sin mí, las palizas arreciaban y el dinero escaseaba en casa. Le respondí a mi madre con una carta muy larga que me costó más de una semana escribir en la que todo lo que le decía era que estaba bien, que la quería y que, cuando me fuera a Australia, la llevaría conmigo.

Seguía sin parar de llover, llevábamos meses jugando a la Primitiva y, cuando parecía que el mundo iba a ser siempre igual de aburrido, ocurrió lo que menos me esperaba.

Si no hubiese conocido a Estrella, aún seguiría siendo camarero. Ella entró en el bar una mañana de abril en la que los gorriones recordaban a los mirlos, toda pendientes de perlas y aparato dental y toda libros y papelotes en uniforme azul que le apretaba las teticas. Pidió un cruasán a la plancha y un café con leche que inmediatamente derramó sobre los apuntes, y es que se lo había puesto demasiado caliente y la pobre tuvo que soltarlo y yo que agarrarle la muñeca y luego limpiamos juntos los folios estrujados que ahora tenían un reconfortante aroma a cafetal.

—No importa, así no tengo que empollarme las matemáticas.

Era una niña repelente de colegio de monjas con cuellos almidonados y en su casa alguien le planchaba las camisas como la que llevaba ese día, muy blanca casi azul y oliendo a almidón, y toda ella desprendía un aroma a Nenuco y a vida solucionada. Y la estaba odiando cuando ella me sonrió:

—Que no te preocupes, que de todas maneras hubiera cateado las mates.

Tenía los ojos marrones como casi todas las chicas de mi pueblo, pero aquellos ojos no tenían nada que ver con el pueblo; eran ojos de ciudad y de colegio de pago con pestañas en *eastmancolor* y en *cinesmacope*. Miraban como si todo el mundo fuese bueno y nadie tuviese que mangar propinas.

Y la debí mirar tanto que ella se dio cuenta porque me dijo como si me hubiera leído el pensamiento:

—Tú tienes los ojos verdes.

Era como si hubiera dicho: «Tienes los ojos bonitos». Hasta entonces nadie me había dicho si eran verdes o azules o amarillos como los de los gatos en la oscuridad, nadie, ni siquiera el australiano, y fue como si mis ojos no hubieran sido verdes hasta aquel día.

Me habría quedado allí toda la mañana sujetando los apuntes como un gilipollas aunque llegara el dueño y me echara la bronca si no hubiera sido porque, en aquel momento, sonó un claxon que despertó a los gorriones, que dejaron de ser mirlos; ella miraba y, en la calle, el hombre del Mercedes le hacía señas hasta que salió corriendo dejándome en la mano un puñado de papeles que olían a Nenuco y a Cafés El Gallego, y a muslos húmedos, recién hechos.

Entonces todavía no sabía que se llamaba Estrella, eso me lo contó la semana siguiente cuando volvió por los apuntes. Ya no esperaba que regresara pero los tenía muy guardados, escondidos entre una pila de viejos *Marcas* junto con todas las hojas de la Primitiva que no nos habían tocado. Dos veces estuvo a punto de pillármelos el patrón, que algo se maliciaba con tanto interés mío de repente por la letra escrita.

—¿Qué tal el examen? —le pregunté a Estrella.

—¿Qué examen?

—Pues el de mates.

Y ella se rio y esa risa era como una propina de mil duros porque me di cuenta de que había vuelto por mí y no por los apuntes. Y después de aquel día ella vino todas las tardes al salir del colegio a tomar café con leche y cruasán a la plancha e incluso chocolate con churros, y un día tarta de Santiago. Nunca le cobraba, hasta el punto de que ese fue el motivo de que acabaran echándome; las cosas que tiene la vida, porque en lo del bote nunca me cogieron.

Dos tardes más, el hombre del Mercedes vino a buscarla y la última dejó el coche en doble fila y entró en el bar con otro tipo que llevaba un fular rosa en el cuello.

Esa fue la primera vez que vi a Ángel. Ese resultó ser el nombre del tipo del fular. El padre de Estrella y Ángel pidieron dos tequilas y bromearon sobre lo guapa que se estaba poniendo Estrella: «Que ya debes tener cuidado con ella, Julián, que mira cómo la mira el de los ojitos verdes»; «Ese, bah, ese es un camarero, desde donde está no le alcanza la vista hasta mi hija, ¿verdad, Estrella?». Y ella miraba para el suelo y no me sonreía, el que me sonreía era Ángel. «Pues es un chico muy guapo, ¿sabes que eres muy guapo?». Le habría partido la cara, por la vergüenza que me estaba haciendo pasar allí delante de Estrella.

«Demasiado guapo para ser camarero toda la vida».

Y se fue dando codazos a Julián, que había pasado el brazo sobre el hombro de su hija.

Cuando se fueron el bar se quedó más sucio, más pequeño y más triste y mi camastro se volvió tan duro que no pude dormir hasta el amanecer.

Esa noche decidí que no quería ser camarero, que iba a tener un Mercedes como Julián y que iría a Australia con Estrella.

Luego me dormí y soñé con ella hasta que media hora más tarde sonó el despertador y el sueño se esfumó entre las toses del cigarrillo que fumaba antes de levantarme.

Había empezado a fumar en el pueblo y casi todos los meses estaba intentando dejarlo, no porque fuera malo para la salud sino por todo el dinero que me gastaba en Celtas, y menos mal que al principio sólo fumaba negro. Fue Ángel quien me enseñó a fumar rubio y con filtro, como en la ciudad.

Volvió al día siguiente, pidió un Martini y empezó a hablarme de mis ojos verdes, y es que desde que Estrella había descubierto el color de mis ojos, parecía como si todo el mundo se fijara en ellos.

Ángel, en cambio, tenía unos ojillos azules que me recordaban a los de los puercos blancos de mi padre, y él también era muy blanco, con las mejillas cruzadas de venitas rojas y el pelo rubio casi transparente. No era viejo. Parecía que nunca había sido joven. Comenzó a venir todas las semanas y luego todos los días, a veces con un Land Rover gris, otras conduciendo un BMW; una vez apareció en una moto enorme. Dejaba buenas propinas y el encargado le hablaba con respeto y le invitaba a chupitos y en cuanto salía por la puerta se reía: «Pedazo maricón».

Me sentía halagado de despertar aquel interés; en el pueblo nunca había tenido conciencia clara de ser algo diferente de la Choni y mis otras ovejas, algo distinto de mis ocho hermanos, de ser yo mismo. Con el australiano me sentí yo mismo, sólo para descubrir que quizás era mejor no ser nada, no ser nadie. Desde que conocí a Estrella, había descubierto que no quería ser como los demás, como las personas que conocía. Estrella era diferente de todo el mundo. Si quería conseguirla tenía que volverme como ella.

Ángel me miraba como si yo fuese distinto, se quedaba contemplando mis brazos musculosos por el trabajo de la tierra y mi torso que él decía que era el de un toro bravo. Si no supe de mis ojos hasta que conocí a Estrella, no supe de mi cuerpo hasta que Ángel lo vio. Y, al fin y al cabo, él era un amigo del padre de Estrella, alguien de su mundo, y yo era dueño de algo que él deseaba y que no podría quitarme por la fuerza.

En aquellos días comencé a estar triste porque Estrella casi nunca venía. El curso tocaba a su fin y ella estaba encerrada estudiando. Una tarde, a finales de primavera, volvió por fin y no volvió sola; venía con otras chicas que llevaban su mismo uniforme: «una gordita con un buen par» (eso es lo que habría dicho el bizco), una rubia de frasco y una chica silenciosa con gafas de carey. No dejaban de hablar de una fiesta que había al día siguiente en el Casino. Merendaron chocolate con churros y luego la rubia pidió un cubata. En un gesto de chulería les puse a todas un bourbon: un Cuatro Rosas por el nombre ese tan bonito y por la canción. La rubia se parecía a la chica del calendario de mi pueblo, al menos tenía las tetas como la chica del almanaque y bebía muy deprisa. Después de reírse mucho, me espetó: «¿Vas a llevar a Estrella al baile de mañana?». Estrella le lanzó una mirada terrible y le dio un codazo. Bajo la camisa blanca del uniforme las tetas de la chica que más me gustaba en el mundo parecían dos animales vivos que tuvieran vida propia. Soltó su bourbon y se quedó mirándome. «Eres muy guapo», me dijo. Yo no sabía que era la última vez que se lo oiría decir. De un salto me dio un beso en la boca que apenas fue un mordisco y salió corriendo. Sus amigas se apresuraron a seguirla y se fueron sin pagar. El patrón no estaba. Llegó al poco rato y vio los vasos de güisqui sobre el mostrador.

—Ha habido gente —me dijo.

Eran las cinco y media de una tarde calurosa y cansada de sí misma.

Era una hora sin clientes y por ello era la hora en la que el bizco dormía la siesta. Todos los días. Menos ese. Maldije mi mala suerte.

—No veo que hayas hecho caja.

—Pues no —le dije yo—. No ha habido nadie —repetí, mirando los vasos sucios sobre el mostrador.

No me importaba lo que me pasase después del beso de Estrella, me sentía flotando muy alto, muy por encima del serrín mugriento del suelo del bar.

Así fue como me echaron. Muchas veces había pensado lo que le diría al encargado cuando me fuese de allí. Las noches en las que estaba de mal humor, que eran casi todas, me dedicaba a ensayar los insultos más ingeniosos y a la hora de la verdad no fui capaz de decir nada. Me sentía lleno de paz y escuchaba al patrón con una sonrisa estúpida mientras él repetía: «Los saco del pueblo, de destripar terrones, y así me lo pagan». Quise pedirle dinero porque en aquellos dos años no había cobrado nada; entonces sacó a relucir lo del bote y supuse que el cojo se habría chivado.

Pensé que el patrón bizco tenía suerte de lo de Estrella porque si no lo hubiese matado ese mismo día.

Y esa tarde no me apetecía matar a nadie. Eran las siete y el sol aún achicharraba los baldosines de

Barcelona en el mejor día de la primavera, me había quedado sin trabajo y era completamente feliz. Sabía muy bien adónde quería ir. Fui preguntando a la gente por el Casino hasta que me vi delante de un cartel rosa que decía: «Gran Baile de Beneficencia, entrada 8.000 ptas». Creí que había un cero de más. El cartel era muy bonito y se veían chicas tan guapas como Estrella bailando con trajes largos debajo de muchas bombillas que me recordaron a la verbena de mi pueblo, sólo que las chicas y las bombillas eran más bonitas que las del pueblo. Pensé en el dinero que tenía y no llegaba a mil duros. Me miré los vaqueros rotos y los zapatos de deporte de plástico. Ninguna oportunidad de que me confundiesen con un pijo y me dejasen entrar.

Metí la mano en el bolsillo de mi pantalón como si fuese a producirse un milagro y se produjo: encontré un resguardo de la Primitiva, veinte duros y la reluciente llave del bar. Se me había olvidado devolverla y ahora era también la llave de los labios de Estrella.

Volví al piso y recogí mis cosas. Cabían en una bolsa de deporte pequeña. Las cargué hasta la taquilla de la estación sin saber que nunca más volvería a verlas. Mi vida estaba a punto de cambiar. Lo sentía en las tripas. Me movía como un sonámbulo, como si todas las cosas que hiciese a partir de entonces estuviesen decididas de antemano por alguien que tenía el control remoto sobre mí.

Hasta aquel día, apenas conocía los bares de Barcelona, siempre encerrado en el mío, a la sombra de las patas de cerdos muertos que tanto harían alucinar a los australianos si pudiesen verlas. Ese día los recorrí todos. Gasté en cerveza todo el dinero que me quedaba. A las dos de la mañana, decidí que estaba lo suficientemente borracho y que era lo bastante tarde, y me encaminé hacia mi bar.

El bar se encontraba en una calle particularmente húmeda y triste del barrio más húmedo y triste de la ciudad. Por el día estaba llena de gente que la atravesaba a toda prisa, de noche no pasaba nadie. Una única farola aguantaba el peso del mundo. Pensé en tirarle una piedra y me dio pena. Decidí que incluso para robar se necesita un poco de luz. La persiana metálica estaba bajada. La llave entró con limpieza. Abrí con parsimonia como si yo fuera el dueño. Me acordaba de madre y de cómo decía que padre era un borracho pero no un ladrón y pensé que yo tampoco lo era, sólo quería lo que era mío. Había trabajado duro a cambio de nada y me lo debían.

En la oscuridad me resbalé con los montones de servilletas pringosas que había en el suelo junto al mostrador. Me había ido sin barrer y, al parecer, nadie lo había hecho. Luego me golpeé en la cabeza con la pata fantasma de un jamón que colgaba como si fuera un ahorcado. Al fin di con la caja registradora y, medio borracho como estaba, no me acordé de que lo normal era que el patrón la vaciara todos los días. No había dejado ni cinco miserables duros para tabaco. Estuve a punto de echarme a llorar. En vez de eso, agarré un jamón de jabugo sin abrir que valía veinte mil pesetas y era un capricho del amo. Entre las brumas de mi borrachera me pareció el cabo salvador que te arrojan en medio de una tormenta. Lo descolgué de su improvisado cadalso y, llevándolo en alto como a un niño, me encaminé hacia la puerta, dispuesto a irme como había venido sólo que un poco más ridículo. Me hubiera gustado romperlo todo. No me atreví, por si de verdad funcionaba la alarma de la que tanto alardeaba el dueño y que para mí siempre fue un mero adorno. Me agaché para pasar por debajo de la tela metálica y tropecé con uno de los papeles pringosos de patatas bravas que yo mismo había arrastrado entre los pies. Caí sobre el jamón y el jamón sobre el cristal y entonces se escuchó un lamento de matanza como si el cerdo hubiese resucitado y lanzara los terribles chillidos de la muerte.

Comencé a oír voces y, antes de que me levantara del suelo, aturdido por el golpe, se escuchó una sirena de policía. El pánico me espabiló pero, aturullado como estaba, no acerté a levantar bien la tela y me clavé los hierros en la cara. Salí corriendo por el callejón, miré hacia atrás y vi, en las luces de colores, los ojos del diablo y un coche de policía. Me toqué la cara y la tenía llena de sangre y cristales. Cuando pensé que iba a desmayarme, un coche rojo se paró a mi altura. Antes de reconocer a Ángel, ya estaba sentado a su lado en el asiento delantero, sangrando como un cerdo mientras salíamos a toda velocidad de aquella sucursal cutre del infierno.

III

LA TORRE DE LOS PERROS

Así es como me fui a vivir con Ángel. Nunca supe lo que estaba haciendo allí. Lo más probable era que me hubiera estado siguiendo todo el día como una perra en celo. No pregunté nada. Estaba asustado, sangraba por la herida de la frente y la cabeza me estallaba.

Esa noche, Ángel me llevó a la casa que tenía en la parte alta, en el barrio más bonito de la ciudad, en la montaña, desde el que Barcelona de día era como una mujer desnuda tendida junto al mar. En la oscuridad, aquella noche, parecía la cabeza de un monstruo semienterrado entre los matorrales.

Los perros me ladraron como a un enemigo. Entre Ángel y otro hombre me ayudaron a subir a una habitación del segundo piso, donde dejé que me desnudaran. No sabía si era un sueño o una pesadilla, estaba como alelado. Me dormí o me desmayé. A la mañana siguiente desperté en una habitación pequeña con una ventana abierta acariciada por las ramas de un árbol. Pensé que era el árbol del mango y entonces me llevé la mano a la frente. Ardía. Sentí un dolor intermitente en la nuca como si una gota de fuego me la estuviese taladrando. Tenía mucha fiebre. No la suficiente para no saber que aquello no era Australia.

Aunque la herida de la frente no era grande se infectó y mi sangre se llenó de podredumbre como si la tierra húmeda se hubiera apoderado de mí y todo mi cuerpo estuviese fermentando gusanos. Decían que Ángel era un maricón pero me salvó la vida. Se negó a llevarme a un hospital; en cambio, hizo venir a un médico y una enfermera. Cada vez que me despertaba, él estaba mirándome; cerraba los ojos para no verle y, al cabo de un rato, volvía a caer en el sopor. Acabé alegrándome de ver sus ojillos azules porque significaban que estaba despierto, que seguía vivo.

No quería dormir. No quería soñar. En cuanto cerraba los ojos, veía los de mi padre, que se abalanzaba sobre mí, y las carcajadas de Estrella, que de pronto se transformaba en una calavera, y la tierra roja de Australia, que se hacía líquida para tragarme y se volvía sangre.

Una mañana me desperté y Ángel no estaba pero tampoco la fiebre. Me sentía débil y ligero como si flotara. Intenté ir al baño y apenas llegué sin caerme hasta la puerta del cuarto. Estaba cerrada con llave. Casi me echo a llorar. Por primera vez, me di cuenta de que me había perdido la fiesta de Estrella. Me palpé la barba a medio crecer y me pregunté cuánto tiempo habría estado allí. Demasiado. Tenía que ir en busca de Estrella. No me gustaba estar encerrado, me sentía como un animal en el zoo. La ventana estaba abierta. Era tan pequeña que sólo un enano hubiera podido colarse. Yo lo hice, no sé cómo me encogí y salté sobre el árbol que para mí era el árbol del mango; entre otras cosas, porque nunca había visto uno. Volví a golpearme la frente con las ramas y casi me quedo sin huevos. Me deslicé árbol abajo y caí gimiendo sobre la hierba del jardín. Entonces vi que la casa estaba rodeada de una verja muy alta con cristales de colores clavados en el muro. No llegué a ver nada más porque los tres perros se lanzaron sobre mí como tres diablos. Si no me hubiera desmayado, me habrían devorado allí mismo. Para ellos lo que no se movía estaba muerto y sus dientes despreciaban los cadáveres.

Abrí los ojos. Estaba vivo y los ojillos azules de Ángel me estaban mirando y no sé por qué me sentí culpable.

—No soy maricón —empecé y, en cuanto lo dije, deseé no haberlo hecho.

—Ya lo sé, pero yo soy mucho más que un maricón.

Y empapó un algodón en agua oxigenada para limpiarme las heridas y me acordé de mi madre, y tuve que apretar los ojos para no llorar porque los hombres no lloran.

—Soy mucho más que un maricón —repitió—. Puedo darte lo que quieras.

—No quiero nada.

—Todo el mundo quiere algo. El que no quiere nada está muerto.

—Yo quiero ir a Australia.

—Si te quedas conmigo, no sólo irás a Australia sino adonde tú quieras.

Así comenzó la relación más extraña que he tenido en mi vida. Cuando pienso en el pasado, hay cosas que no volvería a hacer ni por todos los diamantes de Australia y hay otras que repetiría aunque fuese lo último que hiciera. Aún hoy no sé si me alegro de haber conocido a Ángel o no, y si lo que ocurrió estuvo bien o no; lo nuestro pertenece a la categoría de las cosas inevitables como el nacer. Porque él no sólo me enseñó a fumar rubio y con boquilla como en la ciudad, también fue el que me convenció de que para dejar de ser un paleto no basta con tener dinero, leer libros ayuda.

En aquel tiempo, pensaba quedarme allí sólo lo imprescindible para volver a andar (lo único que había conseguido con la gilipollez del árbol era romperme la pierna) y para que las cosas se calmaran un poco. Ángel me había enseñado los recortes de *La Vanguardia*: «Camarero roba trescientas mil pesetas en céntrico bar».

Se rio mucho cuando le dije que no me había llevado nada y que él era testigo.

—El dueño habrá aprovechado el estropicio para echar mano del seguro. ¿A quién van a creer: a él o a un marica y a un ladrón?

Estaba claro que era tan afortunado como la pulga de un gato sarnoso. Me daba cuenta de que él no iba a dejarme ir tan fácilmente, aunque, en cuanto volviese a ser yo mismo, nadie podría evitar que fuese en busca de Estrella. En los días siguientes Ángel desapareció. Me quedé en la torre acompañado por una especie de perro guardián: el individuo que había ayudado a Ángel el primer día y que no me quitaba ojo. Era un gallego grandote con el pelo canoso y arremolinado que no hubiera llamado la atención de nadie excepto por una cosa: tenía un ojo de cada color: uno azul y otro amarronado. Los ojos no sólo eran de colores distintos, también tenían expresiones diferentes: la cara del ojo marrón era alegre y bonachona; la del azulado, cruel y triste. Pronto descubrí que Manolo no era de la familia pero tampoco un criado, era más que un hombre de confianza y menos que un amigo. Me imagino que Ángel era la clase de persona que no podía permitirse el lujo de tener amigos. A mí me resultaba francamente antipático. Le veía como un carcelero, alguien que estaba allí para que no me escapara. Con el tiempo llegué a apreciar sus pocas palabras y su humor torvo y triste. Por él supe que Ángel se había ido con su hermana, por la que andaba muy preocupado. Al parecer la mujer tenía un único hijo mimado que se le fue a París con una beca para ser músico y ahora estaba trastornado por culpa de un amigo suyo, un tal Jean Charles al que habían metido en el manicomio aunque no estaba loco. O eso decía. El chico pensaba que su tío el rico podría hacer algo por él. Nadie esperaba lo que luego pasó. Años más tarde una amiga de Ángel acabó escribiendo una novela. Se llamaba *Los amantes tristes.* Lo sé porque Ángel me obligó a leerla. Me la trajo a la cárcel y me preguntaba cosas sobre ella en los vis a vis. Me gustó aunque no creo que la novela ayudara mucho al pobre tipo. Ángel decía que ayudaría a que aquello no volviese a pasarle a nadie. Ya he dicho que Ángel le daba mucha importancia a los libros y con el tiempo se me contagió el gusanillo aquel, y me entró también a mí la manía de escribir novelas, aunque en las mías sólo hablaría de cosas verdaderas, y de mi vida. De cosas que se puedan tocar y oler: como el pan, la tierra y mi madre.

La casa estaba llena de fotos del sobrino aquel: Antonio en los columpios con Ángel, Antonio tocando el violín... Me hubiera gustado saber más de él, sobre todo porque me aburría mucho; aunque me sentía mejor, seguía sin salir, por la pierna, por los perros y porque Ángel me había dicho que la policía me estaba buscando. Los días eran iguales y sucios como un caracol subiendo por un espejo. Manolo sólo hablaba cuando quería y de lo que quería. Que era casi siempre las noches de lluvia y de Ángel. Gracias a Manolo empecé a comprender un poco mejor quién era mi extraño secuestrador.

Por boca de Manolo, mientras los chorros de la lluvia se escurrían sobre el árbol que no era el del mango, me enteré de que Ángel había nacido en una aldea gallega y se había venido para Barcelona con catorce años. Cómo había llegado a ser el dueño de la mitad de los puticlubs de Cataluña, Manolo no me lo contó. Me dijo que luego había estado en México, en Jalisco y en Tijuana, cerca de la frontera, haciendo cosas de las que ahora no quería hablar. En América se habían conocido y en América sucedió algo que los unió para siempre. Nunca supe qué, sólo que volvieron uno con mucha lana y el otro con mucha melancolía.

Y que con el dinero negro fluyendo como un río sin fin y tantos amigos pidiéndoles favores, las cosas le habían marchado tan bien que se había ido hasta Madrid a abrir varias saunas y casas de masaje.

Allí había conocido actrices y políticos y se había hecho rico de verdad.

Y en cuanto fue rico, Ángel se dio cuenta de que el dinero, una vez lo tenías, no servía para dejar de ser pobre, por eso contrató a Manolo, que había sido maestro de escuela o algo así, para que le sirviera de mayordomo, profesor particular, hombre de confianza y amigo remunerado. Las razones por las que Manolo se había ido a vivir con Ángel y había aceptado aquel trato las desconocía. Puede que hubieran sido amantes en algún tiempo. Creo que era por la historia de México que nunca contaban.

Manolo no era ni carne ni pescado. Nunca supe si le iban los tíos o las tías. A veces me parecía que miraba a Ángel con ojos tiernos. Nunca aprecié la menor correspondencia y, cuando más tarde lo vi con mujeres, no pude saber si le gustaban o sólo las toleraba. Su reino no era de este mundo.

Su mundo, en la torre de Barcelona, era cuidarme, alimentarme, impedir que el polvo nos comiera por completo, lavar mi ropa y regañarme como una madre cuando no quería comer.

Cuando mis huesos empezaron a soldarse, comencé a recorrer la casa. Era vieja y pesada. Tibia y oscura. Los pasillos eran enormes y las habitaciones pequeñas. El jardín estaba tan abandonado que parecía una selva. Los caracoles trepaban por los muros grises y Manolo me enseñaba que bastaba golpear las recias piedras de la fachada para que arañas negras saltasen al suelo despavoridas, expulsadas de su reino por el ruido y la luz.

ientras me hacía las curas, Manolo contaba que Ángel había comprado aquella casa para su madre, quien la había amueblado a su gusto, y que después de su muerte no había tocado nada. No era una casa sino un museo. Al parecer no solía quedarse mucho tiempo en la torre, habían venido unos días a arreglar asuntos con su socio, el padre de Estrella, y se habían quedado por mí, al menos eso aseguraba Manolo. Me enteré por él de que mi árbol era un castaño de Indias y que la palmera que había en el otro lado del jardín la había traído de La Habana el indiano que construyó la casa. Manolo decía que yo era la viva imagen de Ángel cuando tenía mi edad: «Él era un poco más bajo y más avispado, y los ojos azules en vez de verdes, pero la misma mirada, la misma barbilla...». Decía que ya no quedaban hombres como Ángel, que los mejores, los más valientes, habían muerto en la Guerra Civil y en la Guerra Mundial, que sólo habían quedado los cobardes y nosotros éramos sus hijos.

«Somos hijos de los cobardes y de los traidores. Todos los que merecían la pena están muertos o en el exilio».

Manolo me daba mimos cuando la pierna dolía. Había aprendido a cocinar costillas como a mí me gustaban y fue él el primero que me enseñó la foto del canguro.

Fue un día lluvioso, tenía muchos dolores y el deseo de Estrella me rompía el vientre. Manolo trajo un libro de colores sobre los canguros de Australia. Yo nunca había visto uno. Eran animales grandotes que parecían sonreír, las chicas llevaban una bolsita con los bebés. Y pensé que me hubiera gustado ser canguro y no ser Lázaro y ver el mundo desde una cestita caliente y seca, y no desde una mesa camilla, y, en lugar de escuchar las campanadas del reloj de mi pueblo y los golpes que daban mis padres en la otra habitación, oír siempre los latidos del corazón de mi madre.

Manolo me dijo que él y Ángel me llevarían a ver canguros de verdad y que sería muy pronto.

Sin embargo, a finales de junio, Ángel seguía sin volver. Me alegraba de aquella tregua, porque estaba mejor y temía su regreso. No era tonto. Me sentía como un reo en el pasillo de la muerte cuando pensaba en mi situación: el mantenido de un marica y virgen del ojo del culo.

No conseguía olvidar a Estrella. Despertaba en medio de la noche oyendo las carcajadas de mi padre que en mis pesadillas me susurraba al oído: «Te va a violar un maricón, por maricón, y ni siquiera has estado nunca con un mujer». Y yo aporreaba toda la noche la almohada, que era la almohada más suave que había tenido en mi vida, hasta que se asomaban las tripas de pluma y los primeros jirones de nube en la ventana.

Ángel se plantó una mañana de julio en mi cuarto. Estaba sonriente y parecía más joven. Yo llevaba tiempo preparando aquel momento y fui directo al grano:

—Quiero ir a ver a Estrella.

—¿Por qué?

—Porque me gusta.

—¿Te gustan las mujeres? Te gustan porque no las conoces. ¿Quién crees que es tu Estrella? Una niña bien que te ha usado para tomar un café gratis y chulearse ante sus amigas, ella no habría movido un dedo por ti. ¿Crees que piensa en ti, crees que te recuerda un solo minuto? No, ella está ahora con algún otro niño bien, con uno de su clase, revolcándose en un coche de marca. ¿Y sabes de dónde viene el dinero del padre de Estrella? De invertir conmigo en los burdeles y las casas de masaje de Madrid, para vivir aquí como un señor puritano.

No quería seguir oyéndole. Volví la cabeza contra la pared. Yo sabía que Estrella no era así. Ella era de otro mundo, de otra pasta. A primera vista parecía de carne y de sangre como todas las mujeres y los hombres del mundo, sólo yo sabía que estaba hecha de los sueños de los aborígenes de Australia, sólo yo sabía que era la primera mujer libre del pecado original, la que no había dejado morir a su hijo abrasado bajo el sol (que era lo que había hecho la primera mujer aborigen según Manolo); ella era inocente del crimen por el que las mujeres habían sido castigadas a soportar los golpes de los hombres y los dolores del parto. Era Eva antes de comer la manzana, era la Primera Mujer, la única capaz de convertir a cualquiera en el Primer Hombre. Sus ojos no eran ojos, eran alas que los demás no podían ver. Alas que te levantaban por encima de los días de cada día, de los días iguales y de los hombres que no se diferencian unos de otros. Era un ángel que volaba tan alto que quizá yo no llegara hasta ella. Ningún otro hombre estaba a su altura y ningún otro iba a tocarla.

En otras palabras, era el primer amor de un pobre chico como yo, lo único que hacía que mi vida valiera la pena.

—No pienses que voy a violarte —continuaba Ángel, sin preocuparse de que yo aparentase no escucharle—. La calle está llena de chaperos y la mitad son más guapos que tú, pero tienes algo, me recuerdas a mí cuando tenía tu edad, tienes algo y no quería dejar que te pudrieras en ese bar, que te casaras con la cajera de un supermercado y te pasaras la vida haciendo quinielas y maldiciendo los pañales de los niños.

»Por eso te seguí esa noche.

»Tú no has nacido para eso, yo tampoco había nacido para eso y ahora estoy aquí. Aquí nos conocen a los dos, este clima y esta ciudad no nos convienen ni a ti ni a mí, en cuanto estés bien y se pase el calor por ahí abajo, tú y yo nos vamos pa' Madrit.

A mí se me encendieron las esperanzas: Madrid, capital de los imposibles y un lugar en el que ni Ángel ni la policía podrían encontrarme por mucho que me buscaran. Decidí que me escaparía en cuanto estuviéramos allí. Mientras tanto aquellos días Ángel apenas pasó a verme unas cuantas veces. Di paseos a la pata coja por el jardín mientras Manolo sujetaba a los perros que, con la costumbre, se fueron haciendo amigos míos. Las tardes que no llovía, mientras el calor húmedo subía desde las calles del puerto y los pájaros cantaban en nuestro jardín, sin tener que hacer nada más que comer y dormir, lamía las gotas de sudor que se deslizaban desde mi frente hasta mi lengua y pensaba que mi vida era extraña pero afortunada.

Aquel último verano en Barcelona, durante mi convalecencia, Ángel me trajo muchos libros, libros para niños pequeños con muchos colores. Libros grandes de lomo rojo que prometían en sus títulos aclarar el mundo: *Dime qué es, Dime quién es, Dime cómo funciona.*

Y libros sobre Barcelona, sobre la hermosa ciudad en la que había vivido sin llegar a conocerla, encerrado en mi vida como en una prisión. Viví en Barcelona sin verla y la vi por vez primera en las fotos en blanco y negro que me enseñaba Manolo en aquellos libros de papel suave que se deshacían entre mis manos. Me gustaba acariciarlos. En la soledad de aquella casona era como acariciar la piel de una mujer con los ojos cerrados.

Poco a poco, y a falta de televisión, me resigné a hacerme amigo de los libros. Podían ser una buena compañía en momentos desesperados como aquel.

No sabía qué hacer. El hijo de mi madre en casa de un maricón. Estrella no sé dónde. Australia tan lejos y la policía buscándome por el mundo entero.

IV

ÁNGEL CAÍDO

Antes de irme de Barcelona para siempre, Ángel me reservaba una última sorpresa.

No tenía equipaje.

—Ni tampoco lo necesitas —dijo Ángel un día brumoso de un verano que parecía otoño. Me hizo subir al BMW rojo por segunda vez y casi sentí despedirme de Manolo. No sabía que él llegaría a Madrid antes que nosotros.

Luego enfiló el coche hasta los jardines del Club de Tenis. Saludó al guardia como si lo conociera y se dirigió a un lugar concreto en el laberinto de setos recién cortados que servía de aparcamiento. Supongo que él sabía que allí estaría Estrella, más delgada y más morena. Sin el uniforme y con unos vaqueros ceñidos, se dejaba meter mano por un tipo con gafas Ray-Ban en un coche deportivo. No llovía pero los limpiaparabrisas se habían disparado y subían y bajaban sobre la imagen de su camisa desabrochada y sus pechos al descubierto. Era verdad: sus tetas eran animales vivos y me mordían desde el otro lado de los cristales. Los limpiaparabrisas no paraban de moverse, como si estuvieran de mi parte y quisieran borrar la última imagen que me quedaría de ella con el rímel y el carmín corridos sobre el pene de otro y los pezones erectos en las manos de otro.

—Ahora sabes cómo son las mujeres —me dijo Ángel, y tomamos la autopista hacia Madrid.

No dijimos ni una sola palabra durante el trayecto. Sentía como si me hubieran vaciado y rellenado con paja. Como si hubiera visto mi entierro.

Me sentía como si el australiano hubiera vuelto a robar al tío Enrique y a clavarme su traición en el hígado. Pensé que nunca volvería a confiar en ninguna mujer. Pensé que nunca volvería a creer en nadie.

Nadie va al funeral de los que mueren por dentro.

Madrid me decepcionó, era como un pueblo grande que no se acababa nunca; empezamos a entrar y varios kilómetros más tarde seguíamos entrando con nuevos letreros que decían «Madrid» y más casas de ladrillo rojo con toldos verdes, como la barriada de casas sociales de mi pueblo repetida hasta el infinito.

La mansión de Ángel, en cambio, no me decepcionó. Estaba junto a una de las grandes carreteras con montones de carriles en las que Madrid acaba o empieza. Desde la casa no se oían los coches porque el jardín era enorme y la casa también, mucho mayor que la de Barcelona y también más nueva. Había una piscina inmensa en forma de riñón, un jardinero y una cocinera que nunca hablaban y vivían en el sótano y cinco perros que parecían hermanos de los de Cataluña aunque mucho más limpios y lustrosos, como si los acabaran de hacer.

Si la casa de Barcelona era antigua y venerable, la clase de casa en la que habita un fantasma y en la que puedes descubrir un tesoro oculto, en la de Madrid todo era reluciente y parecía de plástico. Nada daba la impresión de tener más de cinco minutos. Había tres cuartos de baño: uno rojo, otro azul y el último, negro. En cada uno, la bañera circular con jacuzzi tenía forma de concha y una mujer pelirroja de cabellos larguísimos levitando en esa concha sobre un mar de caracolillos nos miraba desde un cuadro. Las paredes del baño rojo estaban salpicadas de estrellas de purpurina y el techo era de cristal para que las verdaderas pudieran verse por la noche.

La piscina estaba construida encima de una bodega que también tenía el techo transparente; a Ángel le gustaba que nadara en la piscina mientras él tomaba unos taquitos de jamón con un buen Ribera del Duero, observando mis movimientos desde abajo como si yo fuera un pez en su acuario.

Mi habitación era grande y daba al jardín, que era muy despejado, con arbustos de adelfas y cactus, como en las películas del Oeste. Un desierto donde los caracoles de la torre de Barcelona no hubieran sabido batirse con el sol.

Esa misma tarde, Ángel me llevó al centro.

—Tienes que aprender lo que es la vida —me dijo—. Y aquí es donde empieza. —Me enseñó el kilómetro cero, de donde parten todas las carreteras, y luego dimos la vuelta a la Puerta del Sol, esquivando las palomas, los mendigos y los limpiabotas que se disputaban nuestros pies.

En mi pueblo sólo había un pobre, un retrasado que vivía en la abandonada casa del tío Perales, que se turnaba a pasar por unas y otras casas y al que mi madre daba siempre un bocadillo. En Barcelona había algunos que pedían en la Rambla y que formaban parte de la ciudad, como Eusebio el gitano, su mujer y sus diecisiete hijos. Nunca había visto una hilera de miseria con ojos como la que vi aquel día marcando el círculo de Sol: mujeres que enseñaban sus muñones, enanos, muchachas demacradas con niños de pecho ascendiendo por Preciados hacia la Gran Vía, ancianas vestidas de negro con la mandíbula vendada como si ya las hubiesen amortajado. Y, en la calle de Alcalá, hombres tirados entre orines, envueltos en mantas militares como si fueran los refugiados de una guerra. Nadie más que yo parecía verlos; era más fácil mirar hacia arriba, a los escaparates o a los anuncios luminosos que tampoco había visto nunca. Pero Ángel seguía mi mirada:

—Cuando éramos jóvenes, Manolo decía que cuando España prosperase no habría más pobres. El cura del pueblo predicaba que Cristo había dicho: «A los pobres siempre los tendréis entre vosotros». Y Manolo seguía insistiendo en que cuando hubiese para todos ya no habría gente tirada por las calles. Pero el cura tenía razón: España va bien pero cada vez hay más gente pidiendo en la Gran Vía y están más derrotados. Si te dejase aquí ahora mismo, quizá acabases como ellos o quizá como yo. No voy a hacer la prueba. Por eso te dije que es en sitios como Madrid donde aprendes lo que es la vida. Aquí puedes llegar a lo más alto y caer a lo más bajo, y también seguir simplemente flotando como la mierda flota en las alcantarillas, que es lo que hace la mayoría de la gente que conozco y que llena mis locales.

Ángel se quedó mirándome en silencio y después de aquel día no volvió a llevarme al centro, aunque casi todas las tardes me sacaba a dar una vuelta en el BMW y me enseñaba un barrio de la capital. Dos cosas me sorprendieron de Madrid: una, que nunca veía coches fúnebres ni cortejos de duelo, como si nadie se muriese en aquella ciudad. En mi pueblo los coches negros cargados de flores eran una parte del paisaje de las calles, y yo pensé que allí no se moría nadie. Manolo me dijo que no era porque la gente no se muriese sino porque la vida estaba separada de la muerte, la gente se moría en un hospital y la velaban en un tanatorio al lado del cementerio para que los vivos no se encontrasen con los muertos.

Tampoco se veían bebés ni carricoches ni viejos fumando con sus boinas apoyados en las aceras, porque casi no había niños y los viejos estaban recluidos en casas para viejos. Llegaba tanta gente a la ciudad, desde las zonas del país donde no había trabajo, que no era necesario que naciesen niños, bastaba con los que veníamos ya crecidos a llenar las calles de bocas hambrientas y ojos asombrados.

—Roma, París, Londres..., las grandes capitales de Europa tienen vida. Madrid tiene «vidilla». Para mí es más importante —me repetía Manolo.

A la semana de llegar, Ángel dijo que esa tarde nos íbamos de compras.

—Necesitas algo de ropa si vas a vivir conmigo.

Aquella fue mi oportunidad. Ángel aparcó frente a un enorme centro comercial, tomó asiento en una terraza, pidió un Martini, sacó veinte mil pesetas del bolsillo y me ordenó que fuera a gastármelas en ropa. Él me esperaría allí.

Cojeando todavía un poco de la pierna mala caminé muy despacio hacia la esquina. En cuanto la doble eché a correr. Era libre. Iba tan rápido que derribé a una señora gorda que empujaba un carrito. Mi aspecto debía de ser terrible porque bastó que la gorda me insultara para que un guardia de seguridad echara a correr detrás de mí sin molestarse en comprobar mi delito. Me toqué la barba sin afeitar y comprendí que parecía una mala bestia. Una niña soltó un chillido al verme y creí que llevaba los mismos vaqueros que el día que me despidieron, empapados todavía en mi sangre. Lo importante no era si había o no sangre en mis pantalones sino que yo me comportaba como si la hubiese.

Deseé que me tragara la tierra y, de pronto, vi una boca de metro que podría hacer realidad mi deseo.

Bocanadas de gente salían intermitentes y a borbotones de sus entrañas. Me precipité escaleras abajo contra la corriente humana. Iba en dirección contraria, todo el mundo salía y yo entraba. Choqué con una esquina y me hice un corte en la cara. Sólo entonces me di cuenta de que había cierto orden en aquel caos. Ordenados por un policía invisible, la multitud subía por la izquierda y bajaba por la derecha, yo iba corriendo y tropezando con todos por el lado equivocado. Había tanta gente a mi alrededor que resultaba más difícil intentar alcanzar la fila correcta que esquivar las cabezas y seguir descendiendo en contra de todo y de todos.

Nunca había estado en una ciudad tan grande ni conocía el metro. En Barcelona había vivido encerrado en mi barrio y en mi bar, en la casa de Ángel y en mi pobreza; ahora era libre y ese día descubrí que nada da tanto miedo como la libertad (más tarde en la cárcel encontré lo que da más miedo de todo: qué miedo dan los que no tienen miedo).

Cuando me vi en aquel túnel sucio que olía a pis, con todos aquellos desconocidos que me apretaban por todas partes y que apestaban a sudor y desgracia, me entró el pánico y de pronto sentí nostalgia de Ángel y de Manolo, de la manera en que me cuidaban y se preocupaban por mí como no lo había hecho nadie, de la forma en que yo era importante para ellos. No me pegaban como mi padre ni me engañaban como el australiano. Y sentí miedo de los pasillos interminables en los que yo no era nadie y de la ciudad enorme en la que no era nada.

Pensé que no sería capaz de encontrar la salida. No sólo di con ella sino que acerté con Ángel, que todavía no se había terminado el Martini. Él pareció ignorar mi aspecto sudoroso.

—Ni has tardado mucho ni has comprado nada. Creo que me necesitas.

De repente me había sentido abandonado en la gran ciudad y había deseado volver al vientre del canguro, a ver la vida desde la comodidad de su bolsa.

Ángel me acompañó y eligió todo para mí. Nos gastamos mucho más de las veinte mil pesetas que me había dado. Compramos camisas, pantalones de marca y zapatos de cuero que brillaban al sol. Visitamos a un peluquero e hicimos todas esas cosas que hacen los chicos de las películas cuando conocen a un ricacho.

Por la noche, Ángel me enseñó la otra cara de Madrid; fuimos a bares donde los hombres se besaban susurrando palabras obscenas; comimos en un restaurante servido por muchachos en tanga; nos bañamos en una piscina de champán, en el centro de la discoteca más moderna de Europa. En toda la noche no vi a una mujer, al amanecer me convencí de que habían dejado de existir.

Ángel me cortejó con paciencia, con delicadeza, con mano izquierda. Todas las mañanas entraba en el cuarto de baño cuando me estaba duchando y todas las mañanas yo me tapaba despavorido con la toalla. Él me curaba los granos, que me empezaban a afear, con un líquido amarillo que hacía milagros. Me untaba la espalda con crema cuando estábamos en la piscina. Adivinaba lo que yo quería antes de que yo mismo lo supiera.

—No te voy a obligar a nada —me decía—. Sólo quiero que me dejes quererte y cuidarte. Las cosas no son como las cuentan por ahí. Sólo existe un sentimiento: el amor, y no importa si va dirigido a un macho o a una hembra; si todos experimentásemos lo suficiente y nos olvidáramos de nuestros miedos, nos daríamos cuenta de que es posible querer a alguien de tu propio sexo, porque es otra parte de ti. Con el tiempo te darás cuenta de que el sexo de una persona sólo es una parte más de ella como el color de los ojos. Ser hombre o ser mujer no tiene tanta importancia como dicen por ahí, yo me enamoro de personas y no de unos centímetros más o menos de carne.

Una noche hizo venir a una de sus putas, una tailandesa. No sé cómo supo que yo era virgen pero el caso es que fue Ángel el que se ocupó de que dejara de serlo.

Manolo me dijo que Ángel quería que yo aprendiera y, si me gustaban más las mujeres, debía empezar por ellas. Manolo tenía una teoría sobre el pensamiento de Ángel:

—Verás… Los que se dicen heterosexuales o normales, o como quieras llamarlos, son los que en un setenta y cinco por ciento se sienten atraídos por el sexo opuesto; queda otro veinticinco por ciento que podría verse atraído por su mismo género; es difícil que lo hagan porque la sociedad te empuja hacia lo de enfrente y poca gente es lo bastante honesta como para admitir ante sí mismos toda la extensión de sus sentimientos. Del mismo modo, los de la acera de enfrente siempre tienen un rescoldo de atracción por el sexo opuesto y, como ya han roto la norma, es más fácil que lo reconozcan. Sin embargo muchos se encierran en los guetos gays donde un coño es una flor venenosa y rechazan la porción de corazoncito que podría amar a una mujer. En las sociedades libres como Grecia o Roma casi todo el mundo era bisexual, con una preferencia, vale, pero sin la ridiculez de definirse por uno u otro sexo.

Ángel me cogió la mano por primera vez en el parque de atracciones mientras nos deslizábamos juntos hacia abajo por un tobogán inmenso en el que creí que caía para siempre. Y me besó delante del canguro del zoo, el animal de mis sueños, que sonreía al otro lado de una reja (si no al alcance de mi mano, sí al alcance de mis ojos).

Ángel me escuchaba durante horas mientras le hablaba de la encina grande del pueblo y de mi padre. No me interrumpía. No me condenaba. Le conté cómo le había partido al viejo la mesa camilla en la cabeza, le conté lo de la Choni. Me hacía sentir importante. Nunca me habían escuchado, ni siquiera en casa cuando era pequeño.

Por eso lo hice. Y también porque quería hacerlo. Os juro que quería ser maricón. Me pareció una forma de ser libre, de no tener que hacer lo que me decían. Si los maricones eran como Ángel y los otros como mi padre, tenía muy claro de qué lado quería estar.

La primera vez que aquello sucedió, aparte de tener ganas de llorar, me encontré sin saber si había sido bueno o malo. No sabía si había sucedido algo. Me sentía el mismo de siempre pero no lo era. No sabía quién era y nunca volvería a ser yo. O quizá era yo mismo por vez primera.

Me hizo daño cuando entró dentro de mí. Aunque no me gustó se lo debía. Encendió una vela roja y usó un aceite que olía a iglesia. Le temblaban las manos, a mí me dieron arcadas.

Traté de recordar a Estrella, su imagen no me venía. Era como si nunca hubiera existido; sin embargo, no fue tan diferente a lo que conocí con la tailandesa. No era tan distinto. La carne es honesta y no engaña, y un cuerpo sólo es otro cuerpo hasta que se convierte en el tuyo. Dolió un poco más. No mucho.

En ese principio bebíamos mucho, fumábamos mucho. Sobre todo porros. A veces esnifábamos cocaína. O se la ponía en la punta de la polla. Usábamos anillos con sabores y juguetes como si fueramos niños. Intentaba tenerle contento. Me esforzaba de verdad.

Me convertí en el chico de Ángel, su amigo, su confidente y su amante. Ángel sabía que aquello no me gustaba «demasiado» y no me exigía «demasiado». Claro que para él y para mí demasiado no significaba lo mismo. Demasiado no es lo mismo que bastante. De vez en cuando, llamaba a alguna de sus chicas para que me la chupase mientras él miraba. Otras yo le ponía un enema jugando con él. Pocas veces jugábamos el juego entero. Lo hice el número de veces suficiente para saber que no era el mío. Me masturbaba por las noches pensando en tetas enormes, tetas redondas, en forma de pera, con el pezón rosado, con la puntita marrón, tetas y culos como los que tienen las putas y algunas mujeres.

Los domingos Ángel, que se había tomado en serio lo de mi educación, me llevaba a visitar museos; los veíamos sala por sala. Mi preferido era el Arqueológico, en el que Ángel me explicaba la historia de España y a mí me parecía como un cuento.

El primer día no quería ir, pensaba que un museo era lo mismo que un mausoleo, algo que no sabía muy bien qué era, lleno de cosas muertas, adonde sólo iba la gente muerta o la que estaba a punto de estarlo. Ángel se rio mucho de mis ideas y me dio la razón. Esa mañana me llevó a ver las momias de la calle Serrano. Recuerdo que me dieron mucha pena con sus vendas tristes y sucias como si les hubiesen roto todos los dedos, envueltas en signos mágicos que no les habían servido de mucho, desnudas delante de toda aquella gente desconocida en un país extranjero y sin poder sentir vergüenza siquiera. Ángel me habló de los faraones y de las pirámides que habían construido los esclavos pero llevaban los nombres de los reyes. De héroes y tumbas. De reinas, concubinas, de traidores y de batallas que perdían los soldados y ganaban los generales, de guerras en las que todos mueren y estrellas a las que algunos han llegado. Y me convencí para siempre de que los museos no eran aburridos porque no son aburridos los muertos.

Una semana entera estuvimos viendo las copias de las pinturas de Altamira que una niña descubrió por casualidad en una cueva, y pensé en todas las cuevas que no había descubierto nadie, en todas las pinturas que dormían en la oscuridad esperando que alguien las resucitase con la mirada y supe que los niños descarriados como yo también servían para algo. En algún lugar del mundo o de Australia puede que hubiese una cueva que nadie había visto esperándome a mí, para descubrir los dibujos que harían cambiar el sentido de la historia de la Humanidad. No sabía dónde estaba la cueva ni cómo llegar hasta ella, sabía que existía, del mismo modo que los que nunca se han enamorado saben que existe el amor.

La semana siguiente vimos mosaicos romanos y sepulcros de muchachas que no conocieron varón y Ángel me tradujo lo que habían escrito los que las amaron: «Aquí yace Claudia, de dieciséis años, que la tierra le sea leve, ella lo fue con ella».

Soñé con las vírgenes muertas y la historia se llenó de Estrellas que alguien como yo había perdido. Luego vimos las lámparas de oro de los visigodos y sus ornamentos lacados y las espadas de los guerreros muertos y las coronas de los reyes que gobernaron cuando el país tenía otro nombre y los pendientes de marfil de una mujer que fue adorada cuando el mundo era otro, hace mucho, mucho tiempo. Y de entre todas las cosas brillantes de aquel museo, la que más brillaba era una estatua sin joyas. Me enamoré de la Dama de Elche. Para mí no era una diosa ni una sacerdotisa. Estaba seguro de que era la Estrella que amó el más triste de mis antepasados, y la amó tanto y la perdió tanto que la esculpió para siempre.

Ese invierno Ángel se ausentó mucho. Pasaba días enteros sin verle y me sorprendía lo mucho que me alegraba cuando volvía a oír su voz. Solía dejarme en la casa con Manolo, que me daba clase durante una parte del día y durante la otra me enseñaba a jugar al póquer. Cuando él venía, me hacía recitarle la lección como si fuese mi padre y luego siempre tenía algún regalo. Una vez trajo un mapa antiguo de pergamino con muchas palabras raras y me dijo que era uno de los primeros mapas de Australia, el original, el que había hecho el primer navegante, y que era para mí.

No me faltaba de nada y podía tener cualquier cosa que quisiese con sólo pedirlo pero nada era mío. Ángel me prometía que iríamos a Australia; ¿cuándo?, preguntaba yo y no había respuesta.

De todos modos, no fue la peor época de mi vida. Una noche por semana bajaba con Manolo a la ciudad y acabábamos en uno de los locales de Ángel rodeados de chicas tailandesas que nos hacían cosquillas y nos desabrochaban los pantalones.

Aprendí mucho y no sólo de cuentas, y francamente la vida no me parecía tan mala. Dejé pasar otra primavera y otro verano sin pensar mucho en quién era y hacia dónde iba, viendo sólo lo que tenía delante de las narices.

Y si ella no hubiera aparecido habría podido vivir infeliz para siempre.

Pero ella se plantó delante de mis narices una noche en la que Manolo y yo estábamos en una discoteca de salsa de Callao. No sé por qué, me recordó a Estrella; si me fijaba bien no se parecían en nada. El caso es que cuando la vi me di cuenta de que era imposible que yo siguiera viviendo con un hombre no el resto de mi vida sino ni siquiera otro minuto.

Me pidió un cigarrillo y me dijo:

—Fóllame o ignórame, pero no hagas las dos cosas a la vez que me enamoro.

Era brasileña y se llamaba Margarita Souza dos Santos. Candela rubia con largas uñas rojas. No me fue fácil ni díficil quedar con ella, lo duro fue que no tenía ni un duro para invitarla. Manolo pagaba todos mis gastos. No me faltaba de nada pero no tenía nada.

Comencé a verla y, durante un tiempo, Manolo me hizo de tapadera pensando que se me pasaría. Manolo siempre me tapaba. Yo creía que si bajaba a Madrid no era porque le gustasen las chicas ni la salsa, sino para cuidarme; sin embargo, la cosa no tardó en llegar a oídos de Ángel y aquella fue la primera y la última vez que me pegó.

La bofetada me resonó dentro como una puerta que se cierra para siempre.

Le dije que le dejaba y le pedí dinero. Era justo, habíamos compartido lo bueno y lo malo, y yo le había querido a mi manera; había dejado que hiciese conmigo lo que quería y que me exhibiese como un trofeo delante de sus amigotes. Era él quien me había enseñado que todo tiene un precio. Lo odiaba porque me había dado mucho pero había comprado mi inocencia. Y, a decir verdad, le había salido muy barata.

Él no quiso ni hablar de que me fuese, «¿Adónde vas a ir sin un duro?», estaba seguro de que me cansaría de mi «puta brasileña». Se iría unas semanas fuera. Quería que cuando volviese todo fuese como antes.

Margarita amenazaba con no dejarme tocarla hasta que «fuera libre y tuviéramos el dinero del maricón» y yo no podía pensar en nada ni en nadie que no fuera ella. En su voz cuando me decía que me quería en portugués con suave acento «brasileiro» y oíamos en un magnetofón *La chica de Ipanema*.

En mi cabeza Margarita era la *garota* de Ipanema. Se deslizaba por la playa hasta que las olas de mi semen se estrellaban en ella. No había mundo para mí fuera de sus pezones sonrosados, sus muslos húmedos, su coño travieso rojo y jugoso con el que yo me emborrachaba a diario. La empujaba contra la cama, contra la mesa, contra el armario. Hacíamos el amor al despertar, antes de comer, después de comer, por la noche hasta caer rendidos. Me dormía siempre después de correrme dentro de ella. Dormido, seguía follando con ella en sueños. Todo mi cuerpo era como un ojo por delante y por detrás. No había nada en mí que no fuera ella o no fuera de ella. El sexo era como un sol abrasador. Quemaba y convertía en un desierto todo lo que no fuera estar desnudo con ella. Contra ella. Con los pantalones bajados o sin pantalones. Sin vergüenza, sin miedo. Era el coño del que había salido el mundo, mi madre africana a la que yo debía volver. Con ella comprendí por qué Dios hizo a las mujeres y por qué los hombres se vuelven locos por ellas.

Y ahora la muy puta decía que yo nunca volvería a entrar en la tierra prometida de sus nalgas hasta que no le llevase el dinero del maricón.

Habría podido pedirme cualquier cosa y lo hubiera hecho. Hubiera preferido algo más fácil para mí como tirarme de un puente o atracar un tren en marcha.

En cuanto Ángel salió por la puerta, la llamé y le dije que viniera corriendo. Sólo quería que viera la casa y pasar un buen rato. Manolo había ido a solucionar un asunto en uno de los clubes y no volvería en tres o cuatro horas. Pensé que aquella llamada era el grito que me expulsaría del Paraíso o que me salvaría del Infierno.

No pasó mucho tiempo hasta que Margarita me enseñó que Infierno y Paraíso son sólo puntos de vista.

Nada más oír el taxi en la puerta principal, supe que Ángel lo estaba viendo todo. Había cámaras por todas partes. No me lo iba a perdonar.

Un error lleva a otro: me dejé convencer por Margarita para escaparme con ella y para abrir la caja fuerte que estaba escondida detrás de la cama matrimonial forrada en piel de leopardo. Ángel, en una noche de amor loco, había sustituido la combinación original por la fecha de mi cumpleaños. Confiaba en mí. Yo nunca la había abierto.

Hasta aquel día. Había dos millones y medio atados en paquetes pequeños con gomas de esas que llevan las colegialas. Cogí los dos más grandes y dejé uno pequeño por si Ángel tenía necesidad urgente de dinero. Aquello no era nada para él, le había visto forrar colchones con billetes verdes y me lo debía. No era un robo. Era un préstamo. Pensaba devolverlo todo cuando tuviera una casa a la sombra del árbol del mango. Le escribiría una larga carta a Ángel desde Australia, explicándoselo.

Cerré la puerta de la casa con un golpe nervioso, como se cierra la tapa de un ataúd. A pesar de los besos de Margarita en mi oreja y de todas las historias que me contaba a mí mismo, sentía como si hubiese vuelto a matar a mi padre.

PARTE 2

Mi libertad no tiene precio,
tiene tu nombre

V

LA GOTA DE AGUA

La primera vez que estuve en la cárcel también había, como ahora, una gota que golpeaba las noches y no me dejaba dormir. Los retretes de todas las cárceles de España están rotos como los corazones de los presos. En la cárcel nunca se puede dormir bien porque siempre se escucha el latido de un corazón y no sabes si es el tuyo, el de tu compañero de celda o el de la tierra roja de Australia que late en todos los váteres del mundo porque todos llevan al centro de la tierra.

Mi corazón por aquel entonces más que roto estaba abollado. Yo lo sentía como una olla vieja que los niños destrozan a puntapiés hasta que el agua se le va por unos cuantos agujeros feos e irregulares. Mi corazón era esa olla vieja y se iba desangrando por el agujero más grande y feo de todos: el de la indiferencia. Ya me daba lo mismo lo que fuera de mí. Todos los días meaba contra la pared y el corazón se me iba por el retrete junto con las últimas gotas de mi orina y mi confianza en las mujeres.

Estrella me había decepcionado, pero fue Margarita la que me rompió en mil pedazos.

Habíamos planeado irnos a Australia. Ni siquiera llegamos a Talavera de la Reina. De poco me sirvió el dinero envuelto en una bolsa de El Corte Inglés y escondido cerca del corazón. Aunque Ángel me había enseñado a conducir no tenía carné. Aun así, Margarita consiguió que nos alquilaran un viejo 124 que soltaba pedos de ácido cada vez que echaba a andar. Cogimos la carretera de Extremadura. Volvía a casa, a las encinas, como si ellas pudieran protegerme de lo que se me venía encima. Ni siquiera pudieron abrigarnos de los copos de nieve, que comenzaron a caer como fantasmas blancos en medio de la noche. Cada encina nevada parecía un guardia civil a punto de detenernos. Los cristales de nieve se agrandaban delante del parabrisas como estrellas de Belén. El coche se ahogaba. Ya no era capaz de correr, sino que daba saltitos y soltaba pequeñas humaredas nauseabundas. Pedorreando como ánimas del infierno, llegamos a un motel de carretera. Hacía rato que los párpados se me cerraban. Iba siguiendo los ojos rojos de las luces traseras de un camión como si fueran un faro en aquel mar de hielo. Cuando el camión frenó, casi me estrello. Conseguí arrimarme a un lado y entonces vi el letrero que anunciaba: «Motel Sídney». Y ella dijo:

—¿Ves? Hemos llegado a Australia.

En la habitación en penumbra Margarita se desnudó.

—Tócame, pero no como un tambor. Tócame como un piano.

Aquella primera vez sólo estuvimos tres días en Australia. Tres días comiéndome su aliento y bebiéndome la leche de sus melocotones rosados. Tres días trepando por las interminables colinas saladas de Australia hasta alcanzar sus pezones. Tres días hundiéndome en lo más profundo de las simas australes, donde está el fin y también el principio.

Cuando me desperté al cabo de esos tres días, me di cuenta de que no estaba en Australia, sino en una habitación con la moqueta azul roída por una viruela de cigarrillo, las persianas cerradas y un intenso olor a moho y esperma. La tele estaba encendida y yo tenía un sabor acre en la boca. Junto a mí, una Margarita desconocida se pintaba de negro las uñas de los pies. Se tendió a mi lado en la cama, sin mirarme, y alargó hacia mí una mano distraída. Sus grandes pechos, apretados dentro del vestido, subían y bajaban como si estuviera ascendiendo una cuesta. Enseguida se incorporó y cogió su estuche de manicura. Se quitó el esmalte de los pies y volvió a pintarse todas las uñas, esta vez de violeta. Llevábamos tres días sin salir del hotel. Las bandejas con los platos sucios de las últimas comidas se amontonaban contra la puerta. Margarita se pintó las uñas de verde, de granate, de rosa, de fucsia, de color turquesa... Su estuche de manicura era un inagotable arcoíris y su furia creadora parecía tener un origen divino.

La noche en la que por fin me di cuenta de que no íbamos a ir a ninguna parte, le propuse a Margarita que volviéramos a Madrid a coger un avión para Sídney. Margarita dijo que nos detendrían en cuanto quisiéramos sacar el pasaporte.

—Hazme caso a mí, que yo sé de esto —me dijo.

Aquella noche, por primera vez, no follamos y comencé a oír el ruido de las gotas de agua que retumbaban en la porcelana del baño. Uno de los grifos estaba averiado y a mí me parecía un taladro que me barrenaba la frente. A mi lado ella dormía, incapaz de oír otra cosa que no fuera su propia respiración acompasada. Un zumbido insidioso me decía que tal vez no estuviéramos hechos el uno para el otro. Lo espanté de un manotazo, como se espanta a una mosca. Al amanecer se fundió la única bombilla. Y la habitación sin ventanas, que al llegar había confundido con un refugio tan reconfortante como la bolsa del canguro y ahora me parecía un simple armario, se cerró en torno a mí como un ataúd. La cabeza se me quedó a oscuras y al fin pude sumirme en un negro descanso.

Desperté oyendo de nuevo la gota que caía en el baño y con un sabor todavía más acre en la boca. Extendí la mano. Margarita no estaba. Tampoco estaba la bolsa de El Corte Inglés que yo ponía debajo de la almohada y en la que guardábamos el dinero.

Margarita se había ido y el corazón me sonaba a hueco, como una olla oxidada que los niños maltratan en un descampado. Comencé a golpear las paredes, sólo conseguí desollarme los nudillos.

Margarita había dicho que ella sabía de aquello. Quizá por eso se había ido.

No tenía dinero. Hice dedo y enseguida agarré un camión que me llevó a Madrid. El aire de la gran ciudad, con su olor a gasolina e inmundicia, me acarició agradablemente. Según Ángel, en la Edad Media decían que el aire de la ciudad da libertad. Era cierto; me sentía casi alegre cuando entré en la comisaría de policía de Sol.

Aquella noche dormí en el corazón de España, debajo de los miles de zapatos que pisan el kilómetro cero de la Puerta del Sol, en los calabozos pegados a la siniestra Dirección General de Seguridad, que es también la Casa del Reloj con el que comienzan los años y se piden los deseos.

Ángel no me había denunciado. Sin embargo, mi arrepentimiento espontáneo no iba a librarme del castigo. El comisario, un hombre que llevaba lentes bifocales que le daban aspecto de pez fuera del agua, se quedó mirando con asombro mi ajado carné de identidad. Resultó ser de un pueblo de al lado del mío, del pueblo cuyos mozos venían al nuestro a reventar las fiestas. Una vez él también había sido joven y había sido quinto y había entrado a caballo hasta la plaza y había meado de pie en la Encina Vieja y había hecho el amor en nuestra era. Me contó todo eso, añadió que se llamaba Marcial y luego me mandó a dormir al calabozo. En mi pueblo no podía pasarte nada peor que ir a la cárcel. Morirte era mejor, no se pasaba tanta vergüenza. Ahora estaba muy lejos del pueblo y la celda no era tan mala como me la había imaginado. Me hubiera gustado estar solo, pero éramos cuatro: un gitano viejo, dos negros enormes y yo. Si eso no era la cárcel, yo no veía la diferencia. El cuarto no tenía ventanas y las mantas olían a meados. El retrete estaba roto y la gota de agua caía como una bala en nuestros oídos. Nos mirábamos recelosos sin hablarnos y no conseguíamos dormir. Yo había confesado todo y todo era más de un millón de pesetas. El gitano viejo comenzó contando chistes de gitanos y acabó dándonos consejos para hablar delante del juez.

—Eso va también pa' vosotros, morenos, que los gitanos no *semos* racistas; nos da igual un payo blanco que un payo negro —les decía a los negrazos, que se obstinaban en permanecer en silencio a pesar de todos sus esfuerzos por pegar la hebra.

Enseguida abandonó el interés por los silenciosos africanos y se concentró en mí.

Decía que a él lo habían detenido a los diecisiete años por robar chatarra y le pusieron una multa que no pudo pagar. En vez de eso, fue a la cárcel y allí mató a un hombre en una riña. Desde entonces habían pasado quince años y sólo había estado dos meses en la calle.

—Me ponen multa y como no *pueo pagá,* pues cárcel y luego otra vez lo *mizmo...*

A mí no me salían las cuentas de lo viejo que parecía, con sus dientes rotos y su barba blanca, y la edad que decía tener. Qué más daba..., no estaba yo para galimatías.

Al final me dormí y soñé con un canguro enorme con la cara de Manolo que besaba una calavera verde que primero era la cara de Margarita y luego la de Estrella y más tarde se parecía al australiano, y entonces vi que era el tío Enrique transformado en un monstruo con la boca llena de gusanos y me desperté. Y la gota seguía golpeando y el gitano seguía hablando. A la mañana siguiente los dos negros salieron libres sin haber pronunciado palabra y el gitano y yo quedamos dueños y señores del calabozo. La gota continuó cayendo durante setenta y dos horas y él no paró de hablar ni un momento durante todas ellas. Felipe el gitano era de los que creen que el silencio es una amenaza o tal vez hablaba para acallar el martilleo del agua en el retrete. Yo creo que tapaba con ruido el miedo. Al principio no le respondí, pero acabé contándole el sueño del canguro.

De pronto, se abrió la puerta y dos policías nos esposaron y dijeron que nos iban a conducir a la cárcel de Carabanchel.

—Primero tenemos que ver al juez, y a lo mejor lo convencemos —me dijo el gitano leguleyo al oído antes de que un policía nos separara de un empujón.

A mí me condujeron a un cuarto de madera. A través de la puerta de cristal y aluminio vi las sombras de los guardias que se reían, que traían café o que maldecían. Temí que se hubieran olvidado de mí. Cuando estaba imaginando las cosas que Felipe decía que les pasaban en la cárcel a los chicos de ojos verdes como yo, vi el rostro familiar de Manolo a través de la ventanilla. Corrí hacia la puerta. La sombra había desaparecido. Pensé que había sido una imaginación mía. A los diez minutos vino el hombre de los ojos de pez fuera del agua.

—Los hay con suerte.

Y supe que Ángel había negado que le hubiera desaparecido dinero. Para ir a la cárcel no basta confesar un crimen, también hay que cometerlo.

Antes de dejarme ir, el comisario me dio quinientas pesetas y supe que no se había olvidado del olor de la Encina Vieja de mi pueblo.

VI

OJOS DE LLUVIA

*O*jos de Lluvia —dijo la mujer.
Y cambió mi vida para siempre.

Nos habíamos conocido en la Estación Sur de Autobuses. Compartimos un cartón de vino y una borrachera salvaje sobre el suelo sucio y lleno de papeles arrugados. Nos despertamos abrazados sobre las sillas de plástico naranja sin saber quiénes éramos ni cómo habíamos llegado hasta allí.

Hacía tres días que había salido del calabozo de Sol. Desde aquel momento mi vida se había hundido en alguna alcantarilla sin fondo y, por mucho que hurgaba para sacarla, sólo conseguía llenarme las manos de mierda.

—Vamos, Ojos de Lluvia —repitió la mujer—, ya llevamos demasiado tiempo en el suelo. —Y, como yo seguía sin moverme, añadió—: Voy a llevarte a Australia.

Se llevó la mano al escote y sacó un increíble billete de mil duros, nuevo y reluciente. La seguí, mirando con desconfianza su roto abrigo de pieles.

La estación olía a gasógeno y a vómitos. De lejos parecía una fábrica con su implacable reguero de humos. De cerca era un almacén de sentimientos miserables, de mujeres que lloraban porque alguien se iba, de mujeres que lloraban porque alguien llegaba, de viejos autobuses pitando cien veces antes de irse de una vez. Siempre había alguien que corría para detenerlos antes de que atravesaran la barrera del guarda y salieran a la luz de la calle. De mala gana, el conductor abría la puerta y contaba despacio las monedas del viajero de última hora.

Ese día, el conductor miró al trasluz el billete que Lola le tendía, porque nunca había visto uno tan reluciente, se complació en el crujido del dinero nuevo y nos señaló los últimos asientos.

Habíamos cogido el primer autobús que vimos salir, corriendo hacia él al tuntún. Teníamos las caras coloradas y jadeábamos. Le pregunté a Lola adónde íbamos. Me dijo que al fin del mundo y luego aclaró:
—A Córdoba.

Con las primeras luces del alba, tiritando por el aire acondicionado con el que tan orgullosa se anunciaba la empresa de transportes, atravesamos un Madrid muerto de sueño. Nunca había estado en Córdoba, no conocía a nadie allí. No había razón para ir y por eso mismo no había razón para no ir.

Córdoba estaba hecha de sol, de palmeras y de casas blancas como la de Lola: Una casita blanca al otro lado del río, cerca del Puente Romano y de un molino abandonado que hacía crecer un islote de pájaros en el Guadalquivir.

La nuestra era una barriada miserable pero blanquísima y con las mejores vistas de la ciudad que, orgullosa, nos ignoraba a nosotros y al río. La Mezquita parecía un barco al otro lado del puente, a punto siempre de zarpar hacia Sevilla, y mujeres de ojos negros con vaqueros se santiguaban ante la imagen de san Rafael.

—Córdoba, lejana y sola, como yo —dijo Lola, y me empujó dentro de la casa en la que habría de quedarme tres años.

En aquellos tres años en que no supe nada de Ángel, el tiempo empezó a correr desbocado. El tiempo ya no era un mar inmenso de meses que parecían interminables. Me acostumbré a vivir y dejé de asombrarme de que detrás de un día hubiera otro y de que tras el invierno, volviese el calor. No me había recuperado de las quemaduras del verano cuando llegaban las gripes invernales. Antes de que dejara de toser había estallado ya la primavera y los cerezos, y las mujeres estaban en flor.

Las mujeres siempre habían de ser, a la vez, mi ruina y mi salvación. Ojos de Lluvia, me dijo Lola y me llevó a una Australia de tetas enormes y bramidos de toro a la luna de Córdoba. Las primeras semanas sólo se separó de mí para ir a las reuniones de Alcohólicos Anónimos. Ya había cumplido los cuarenta y era una de las mujeres más hermosas que he conocido. Olía a uvas y a moscatel y tenía los labios morados y suaves como el beso del vino. Decía que había sido una gran actriz en su juventud, que las borracheras y las envidias la habían echado del escenario. Había vivido en el Marais de París y en el barrio de Kreuzberg de Berlín. Ahora vivíamos en la casucha que había heredado de su abuela. Había nacido en un pueblo de la sierra. «En el pueblo hay una ermita muy pequeña y muy antigua —me decía— y el día de Navidad un rayo de sol entra por la única ventana y va a dar a una silla de piedra. Todo el mundo quiere sentarse en la silla cuando el rayo de sol entra por la ventana de Navidad. Cuando nace un niño sus padres lo inscriben en una lista para que once años más tarde pueda sentarse en la silla de piedra. El día que yo me senté en ella fue la única Navidad en once años en la que no salió el sol en

Andalucía. Entonces supe que no tendría suerte en la vida».

Exageraba, como todas las andaluzas, porque sí que tuvo algo de suerte. Vivía de la pensión de viudedad de un marido que se había pegado un tiro a los pocos años de matrimonio porque llevaba toda la vida enamorado del mismo hombre.

—Le quería, Ojos de Lluvia, yo le quería y él es el padre de mi hija —me decía Lola sin parar de besarme.

Para Lola, querer era fácil. El amor brotaba de ella con la naturalidad con la que brotan las naranjas de los naranjos. Amar era su manera de relacionarse con el mundo. O amaba u odiaba. A mí y a su hija nos amaba.

Al principio, Esmeralda, la hija de Lola, me detestaba. La veíamos poco, inmersos en nuestras largas mañanas y aún más largas noches. Era una muchacha morena de ojos verdes con aspecto de ángel y corazón de perro. Tenía un año más que yo pero por fuera seguía pareciendo una niña. Por dentro siempre había sido una mujer.

Una tarde de verano en que Lola había ido a su reunión de Alcohólicos Anónimos, nos encontramos en el largo pasillo de la casa. Ella llevaba sólo un camisón, yo sólo unos calzoncillos; los dos estábamos empapados de sudor. Los pájaros caían al río asfixiados por los cuarenta y cinco grados de agosto. Las calles de la parte vieja de la ciudad estaban entoldadas y nadie se aventuraba a pisar el asfalto hasta que el sol decretase la tregua de la noche. Me sacó la lengua y la agarré por la cintura. Se tiró a mi cuello y me lamió como un perro.

—Yo quiero a tu madre —le dije cuando terminamos.

—Sí, perrito mío, y, si eres bueno conmigo, ella no tiene por qué enterarse.

Después de aquello, Esmeralda —la de los ojos húmedos y las tardes de marihuana— me perseguía por el pasillo y me encerraba en el cuarto de baño, y en todas partes me obligaba a complacerla de la manera más silenciosa posible para que Lola, que leía en la otra parte de la casa, no nos oyera.

Me había metido en un lío del que no podía salir, la única manera de tener callada a Esmeralda era tenerla contenta. Contentar a madre e hija al principio fue excitante, enseguida se convirtió en un tormento. Me acordaba de Manolo cuando decía que follar sin ganas era el peor castigo del mundo.

—Vámonos de aquí, perrito mío, fuguémonos juntos —me pedía Esmeralda.

Yo no quería dejar a Lola, así que estaba obligado a pagar con mi cuerpo el silencio de la niña.

Querer a las dos mujeres me dejaba agotado y no tenía tiempo para pensar en Australia. A veces me acordaba de mis antiguos sueños y muchas noches pensaba en Ángel y en Manolo y en por qué Ángel no me habría denunciado. Casi siempre estaba demasiado cansado para pensar. No hacía más que comer y dormir y hacer el amor con dos mujeres hermosas y la vida empezaba a hastiarme. Vivíamos del dinero de Lola y cada vez que yo hablaba de trabajar ella se tiraba a besarme diciendo: «Si el trabajo fuera bueno no nos pagarían. Tu trabajo es hacerme feliz y no es un trabajo fácil».

Y, como pensaba que me aburría, me obligaba a leer libros. Al principio, yo no quería. No había visto que los libros hubieran ayudado a Manolo a salir de pobre ni que la ayudasen a ella a pagar las facturas. La única riqueza de Lola eran los libros. Los había por todas partes: debajo de las camas, encima de la mesa de la cocina, en los armarios, en el cuarto de baño. Los aproveché lo mejor que pude para arreglar las patas rotas de todas las mesas de la casa y hasta sujeté nuestra cama con ellos. Dormíamos sobre *La Divina Comedia* y el *Paraíso perdido* y ninguno de ellos nos quitaba el sueño. Lola me leía historias en voz alta y las dejaba en lo más interesante para que yo continuara. Así consiguió meterme la locura de los libros a mí también y, aunque pienso que me han servido tan poco como a ella, desde entonces siempre llevo uno en el bolsillo. Lola decía que con los libros podíamos viajar a cualquier parte, incluso a Australia. El caso es que casi no salíamos de casa; por la noche, subíamos a la azotea a tomar el fresco y Lola recitaba las obras de su viejo repertorio a la luz de la luna y con el río como telón de fondo.

Que yo me la llevé al río
pensando que era mozuela
pero tenía «marío»,
se apagaron las farolas
y se encendieron los grillos
pero no me enamoré porque teniendo marido
me dijo que era mozuela cuando la llevaba al río.

Desde que Esmeralda estaba liada conmigo, le encantaban estas reuniones y se ponía a cantar saetas, a taconear y a abrazar a su madre.

Bebíamos gazpacho y agua. Se apagaban las farolas y se encendían los grillos y Lola decía que yo embriagaba más que el vino.

A veces íbamos paseando hasta la calle de las Flores y las dos mujeres se colgaban de mi brazo orgullosas y yo me sentía conducido por una pareja de la Guardia Civil.

Lola decía que no le aportábamos nada a la sociedad pero que no necesitábamos nada de ella. Tres personas que no fuman tabaco y no tienen reloj no viven en España.

Estaba encantada de que Esmeralda y yo nos qui-siéramos y le gustaba que los tres nos abrazásemos en las veladas de la azotea. Con el tiempo me había dado cuenta de que Esmeralda me recordaba a Estrella, una Estrella barriobajera y loquita por mis huesos, aunque seguía colado por Lola, que era como una Estrella más grande por fuera y por dentro.

A pesar de mis ataques de angustia en los que intentaba convencer a Lola de que nos fugásemos a Australia y de las tardes en las que me escapaba a las tabernas de la Judería, en aquella casa siempre era do-mingo y la vida corría rápida y dulce como el caño de la fuente del callejón de las Flores.

Una noche se fue la luz y tuvimos que iluminar-nos con velas. A la luz de la palmatoria nos vimos de repente abrazados en el espejo viejo del salón; estábamos tan juntos, tan delgados y tan pálidos de no ver la luz del sol, de no pisar la calle de día y con una cara tal de felicidad que Lola dijo que parecíamos ángeles o muer-tos de permiso.

No sé cómo habría acabado la cosa si no hubiera aparecido la Lupe. Vivir con dos mujeres no había sido fácil. Vivir con tres fue imposible.

La Lupe llegó una tarde a casa a tomar una copita con Lola y se quedó a vivir con nosotros. Aquello no nos gustó ni a Esmeralda ni a mí, pero Lola no nos tomó en cuenta esa vez. Lola tenía un corazón tan grande como su espléndido pecho y le encantaba ayudar a la gente, sobre todo cuando alguien como Lupe le hacía sentir que todavía se podía caer mucho más bajo. La Lupe había sido una gran actriz de teatro como Lola y, al igual que ella, se había bebido el mundo hasta que la botella la echó del teatro, pero, en vez de vivir en decente pobreza, había terminado trabajando en una barra americana.

La Lupe era una mujer grande con la cara y los brazos llenos de lunares, y, como si le parecieran pocos, llevaba siempre batas con redondeles negros y rojos. Esmeralda decía que era una caricatura de Andalucía.

—No me gusta esa mujer —me dijo—, fíjate cómo mira de abajo arriba, y nunca a los ojos, como un toro que va a embestir. He visto antes esa mirada. Yo era muy pequeña y mi padre me llevó a un entierro en el pueblo y me dijo: «Ven conmigo, Esmeralda, que te voy a presentar a una asesina». Nunca olvidaré aquel día. En medio de las viejas inofensivas, con sus moños y sus delantales, había una mujer con el pelo rapado casi al cero y vestida como un hombre. Había pasado treinta años encerrada y acababa de salir de la trena. Y, aunque estaba ahí de pie con las manos cruzadas como si no hubiera hecho nada, mi padre dijo que era el mismísimo demonio. Era la mayor de tres hermanas y, como se hacía antes en los pueblos, todas vivían juntas en la misma casa. Los problemas comenzaron, perrito mío, cuando un hombre tan guapo como tú se casó con la mediana. Y, como tú bien sabes, perrito mío, tres mujeres no pueden vivir con un solo hombre bajo el mismo techo sin que pase lo que pasa. El tío bueno no le hizo ascos a la menor. Cometió la estupidez de no hacerle ni puto caso a la mayor. Así que teníamos, para que tú veas, a dos mujeres felices y a una tercera desgraciada. Tú no sabes de lo que somos capaces las mujeres cuando no nos hacen caso. La mayor envenenó a la menor con matarratas y luego fue a la Guardia Civil a contar que la mediana había matado por celos a la amante de su marido. Con una hermana muerta y la otra en la cárcel, la muy zorra pensaba que el tío bueno acabaría metiéndose en su cama. Le salió el tiro por la culata, porque el pobre hombre, que estaba hecho polvo, acabó confesándolo todo y metiéndola a ella en la cárcel. Por eso te digo, perrito mío, que no me gusta Lupe. Mira de arriba abajo y nunca a los ojos, como un toro que va a embestir. Igualito que la asesina que me llevó a conocer mi padre.

Y tanto me lo dijo que comencé a fijarme en los ojos negros de la Lupe y a preguntarme qué habría detrás de ellos.

Puede que fuera el maldito aire de Córdoba que huele a jazmín y a azahar y a dama de noche y hace que la mujer se vuelva hacia el hombre y el hombre hacia la mujer o puede que fuera el Destino; el caso es que, para mi desgracia, también la Lupe se encaprichó de mí.

Un día estaba yo cortando limones cuando me atacó la nuca como una loba y siguió bajando hasta mis pantalones. La rechacé violentamente y estaba a punto de contárselo a Lola, feliz de haber encontrado un argumento para que la echase de casa, pero ese mediodía la muy zorra nos sorprendió a Esmeralda y a mí besándonos en la azotea. Estábamos perdidos; para entonces, Esmeralda no quería darle ese disgusto a su madre y yo no quería perder a Lola. Tuvimos que avenirnos a todas sus condiciones. Unas veces hacíamos un trío, otras deseaba mirar. Lo peor era cuando quería que la tomase en el pasillo, en la cocina, por detrás, a cuatro patas, sobre la mesa, apoyada en el fregadero. Me moría de miedo de que Lola nos encontrase y ella disfrutaba de mi pánico como de un cóctel delicioso. Cuanto más nervioso me ponía yo, más cachonda se ponía ella.

Esmeralda compró un paquete de veneno para ratas y todos los días tenía que suplicarle para que no se lo echara en el café. Si antes estaba cansado, desde ese momento deambulaba como un *zombi* por la casa. No tenía ni un momento de paz pues debía satisfacer a las otras dos mujeres en los escasos ratos en los que Lola iba a la reunión de Alcohólicos Anónimos o estudiaba teatro clásico en la azotea. Varias veces estuvo a punto de pillarnos y varias veces mi corazón se partió en dos.

«Si mi madre se entera, se va a emborrachar hasta matarse», decía Esmeralda, que se había olvidado de su pequeña traición.

Yo pensaba lo mismo. Le estaba de verdad agradecido a Lola, que me había dado todo lo que tenía, que era mucho o poco, según se mire, y sentía una puñalada en la ingle cada vez que en los brazos de Lupe la perdía.

Esmeralda decía que había hecho un hechizo para que mi miembro estuviese siempre duro y no desfalleciera. Y debía de ser cierto, o debía yo de haber salido a mi padre, o debían de ser los veinte años, porque no hubo más gatillazos que los precisos y salí airoso de todas mis desventuras.

Contentar a Esmeralda era fácil porque era novilla nueva y de dos embestidas la dejaba feliz y con los ojos extraviados. Contentar a Lola era más divertido y más trabajoso porque la mujer con los años se convierte en leona y, aunque da más placer, da también más fatiga. Contentar a Lupe era lo más díficil porque no da contento lo que con descontento se hace.

Y todo eso debía hacer yo, y además dormir con Lola, que me despertaba cantándome una canción que ella me había compuesto:

Ojos de Lluvia, tienes los ojos de lluvia
y la mirada de algas,
yo también solía tenerlos,
pero ya no.
Los perdí un domingo entre la lluvia,
el cielo se estaba desangrando,
desangrándose por mis ojos abiertos
que ya no encontraban los tuyos,
tus ojos que se perdieron
un domingo
entre la lluvia.

Y luego metía la cabeza entre las sábanas y comenzaba el duro día para mí.

Mientras Lola salía a hacer la compra, contentaba a Lupe en el cuarto de baño procurando que Esmeralda no nos oyese, pues entonces me arrastraba todavía con más furia a su habitación, donde, entre volutas de incienso y aroma de porros, extraía lo que quedaba de mí.

Cada día se me marcaban más las ojeras y se me afilaba más la nariz. De tal manera que Lola, que pensaba que todo mal es mal de amores, quería curármelo con nuevos arrobos y yo empezaba a sospechar que el exceso de felicidad es la forma suprema de la desgracia.

Con semejante vida se comprende la alegría con la que recibí el telegrama del Ejército español comunicándome que no se me había aceptado la prórroga y que era hora de que cumpliera con la patria. Tenía que ser mucho más fácil cumplir con la patria que con tres mujeres enamoradas.

Y, sin embargo, dejar la casa en la que siempre era domingo fue más difícil de lo que yo imaginaba. Lola quiso que pasásemos los últimos días juntos y solos. Así que comencé diciendo adiós sin pena a los lunares de Lupe. Más duro fue despedirme de los lametones con sabor a marihuana de Esmeralda, la de los húmedos ojos.

En cuanto ellas se fueron entre maldiciones, incapaces de encontrar una excusa para no pasar el fin de semana en el pueblo de Lola, como les pidió ella, comenzó a llover. No había llovido ni una gota en los tres años que viví en Córdoba. Era el esperado fin de la sequía. A nosotros la lluvia nos puso aún más tristes. Yo me bebí la lluvia y la tristeza en el cuenco de los enormes pechos de Lola y devoré sus lágrimas como antes había devorado sus besos.

El último día, la mujer que me llamaba Ojos de Lluvia se quedó mirándome largo rato mientras yo fingía dormir. No dijo nada.

Cuando la madrugada trajo el tren del Nunca Más, había llovido durante tres días y tres noches y, al escampar, el aire olía a tierra.

—No te olvides de mí, Ojos de Lluvia —dijo Lola.

Y yo no la olvido.

VII

FUERTEVENTURA

La isla de Fuerteventura es hermosa pero reseca como el coño de las viejas. Allí me mandaron a hacer el servicio militar y allí aprendí lo que es la sed.

Una tarde, cuando me quedaba poco para terminar la mili, salí de paseo; no tenía ni siquiera cinco duros en el bolsillo. En aquella isla, el agua no era como en todos los lugares del mundo. En los bares la vendían más cara que la cerveza y entrar a pedir un vaso de agua no era una buena manera de iniciar una conversación. Como sabía lo difícil que era encontrar agua, la sed se me hacía aún más insoportable. Vagué por todos los barrios de la ciudad hasta que sentí el frescor de una sombra que caía a pico sobre mí desde un balcón. Miré hacia arriba y vi a una mujer.

—Agua —le dije.

Y ella me miró como si su vida fuera estar allí esperando a los jóvenes que no tenían ni cinco duros para comprar agua.

—Sube.

Y subí por unas escaleras de madera que rechinaban como el cuero que se seca al sol.

La mujer no me dio agua. Me sirvió dos cervezas.

—Eres un chico muy guapo. ¿Eres de la Legión?

Yo sólo quería un poco de agua... Era ella la que me chupaba como si yo tuviese escondida dentro de mí toda el agua que no había en la isla.

—No te dejo meterla porque tengo novio y lo quiero.

Entonces no conseguía ver la diferencia. Más aún, todas las mujeres que había conocido se la habrían dejado meter a otro pero me la hubiesen chupado sólo a mí. En eso, como en otras cosas, las fulanas también son superiores a las mujeres normales.

En la cárcel me dijeron que las putas te dejan hacer todo por el mismo precio, que sólo los besos con lengua los dan por amor. No digo que eso no sea cierto para los demás hombres, como tantas cosas que me han contado. No fue cierto para mí. La verdad es que estoy agradecido a los cuerpos de las putas. Nunca me engañaron. Porque el cuerpo es honesto y no engaña. Las putas son las mujeres más tristes del mundo y también las más buenas. Ellas mienten para decir la verdad como todos nosotros.

Aquella fue la tarde más dulce que pasé en el barrio de las putas. Ese día me dormí sin soñar con Estrella, ni con Ángel ni con el canguro ni con las tres cordobesas. En su lugar soñé con Margarita.

El hombre es el único animal que tropieza dos veces en la misma piedra. Yo tropecé dos veces en las mismas uñas pintadas de rojo.

Comencé a ir todas las tardes a casa de mi amiga Encarna, la puta. Yo nunca tenía un duro, pues no contaba con otros medios de subsistencia que la ridícula paga del Ejército, y siempre estaba buscando formas de gastar el tiempo sin gastar dinero. Algunas veces subían sus compañeras y se dedicaban a tomar cerveza con nosotros y me hacían fiestas como si fuera su mascota. Una de aquellas tardes, cuando estaba tranquilamente jugando a la brisca y fumando porros con la Encarna y su amiga Rocío, llamaron a la puerta. Lo primero que vi fueron unos pies con las uñas púrpura que se deslizaban por la habitación. Antes de levantar la cabeza y reconocer las facciones bajo los cabellos teñidos de rojo, ya sabía que era Margarita. Nunca vi a nadie con las uñas de los pies pintadas como ella.

—¿Qué haces aquí? —me preguntó, antes de que yo se lo preguntara a ella.

—No lo sé —dije, y era verdad.

—Pues fóllame o ignórame, pero no hagas las dos cosas a la vez que me vuelvo a enamorar —dijo, y supe que la cosa ya no tenía remedio.

Yo había llegado a Fuerteventura con las C.O.E.S., la temida guerrilla de operaciones especiales. Se suponía que éramos los más machos de todo el Ejército. Por las mañanas nos hacían cuadrarnos y nos preguntaban:

—¿Qué sois?

—Máquinas de matar.

—¿Qué sois?

—Máquinas de matar.

—¿Qué coño sois?

—Máquinas de matar.

Éramos unas máquinas de matar un poco oxidadas. Más que nada llevábamos camino de matarnos unos a otros. Allí los nuevos no eran nada y los que llevaban un poco de tiempo podían hacer cualquier cosa contigo. La gente se pasaba media mili aguantando putadas y media mili puteando. Yo lo llevaba bien. Un día me hicieron beberme mi propia orina en el dormitorio. Fue la última vez.

Salté al cuello del *wisa*, el bisabuelo patético, que era mucho más joven que yo, un enorme campesino manchego con la mandíbula tan ancha como la meseta y un pecho como una campana de iglesia puesta del revés. Agarré su cuello y comencé a estrangularlo hasta que le cayó un hilillo de baba por la boca. Los demás nos tiraron al suelo sin conseguir que le soltara y me patearon en la cabeza, en la nariz, en la boca. Comencé a sangrar. Ni siquiera entonces lo solté. Cuando desperté en la enfermería todavía tenía las manos agarrotadas en torno a un cuello invisible. Me habían roto dos costillas. Tardaron meses en sanar pero los veteranos no volvieron a acercarse a mí.

Desde entonces me apodaban «el Loco». Mis compañeros me ofrecían tabaco sin pedir nada a cambio y nadie se metía conmigo.

Me había apuntado a la guerrilla por ver si nos llevaban a algún sitio, decían que con ellos nos iríamos de maniobras a Bruselas y yo pensé: «A lo mejor vamos a Australia». Enseguida me di cuenta de que era como volver al pueblo. El día que los veteranos me hicieron la putada me acordé del tío Enrique y de las ortigas de mi padre, y me pareció que, después de todo, ahora vivía bien. Gracias a eso no desgracié a nadie más.

Los niños de ciudad, los de papá y mamá, lo pasaban en cambio muy chungo. Había uno con gafas de carey y dientes de conejo al que le gastaban una todas las noches. Al final, un jueves sin luna con el viento azotando los catres de los soldados, se puso de pie en la ventana del dormitorio y amenazó con lanzarse al vacío. Daba unos chillidos como los de los cerdos el día de la matanza. Y no paró de gritar hasta que vino el teniente médico y le puso una inyección.

—No lo sé, Margarita. Soy una máquina de matar —volví a decirle.

Y a ella sí que la hubiera matado pero aquella tarde todo flotaba en torno a mí y las ofensas de mi vida se las habían hecho a otro; el humo del hachís me había quitado las ganas de levantarle la mano. No sé por qué prohíben la hierba. Cuando estás *fumao* eres incapaz de hacer daño. El alcohol sí que es chungo. Cuando mi padre bebía, le pegaba a mi madre. No conozco a ningún hombre que fume y pegue a su mujer ni a nadie.

El caso es que, por suerte para ella, o a lo mejor lo tenía planeado, ese día estaba muy *fumao*. La insulté y la llamé puta y cosas así y ella no negó nada. Y mira que es grande España para tenernos que encontrar en una isla tan chiquitaja. Que encontrar a Margarita otra vez en la inmensidad de una vida era como encontrar agua en aquella isla.

Y ella cogió mi mano y empezó a acariciarla y a meterse los dedos en la boca y a morderlos como si fuesen de chocolate y me dijo que, de casualidad, nada, que llevaba tres días bañándose en el agua de veinticuatro jazmines y untándose los pechos con miel de abeja y ofreciendo a Yemayá, la diosa del amor, grandes regalos para que le devolviera mis ojos verdes. Yo quería insultarla pero la brasileña no rechistaba y me cansé pronto. Y se sentó entre nosotros tres y se fue arrimando a mí y entonces me dijo:

—No sabes cuánto he *llorao*.

Y la Encarna se puso a defenderla y a decir que la chica se lo había contado muchas veces, que tenía una deuda con un camello y que, si no fuera por el dinero que me mangó, la habrían rajado y que lo había hecho para dejarme a mí al margen, y la Rocío insistía en que por aquel asunto había acabado en aquel desierto lejos del amado estruendo de la gran ciudad y que desde que me había *dejao* no podía dormir por las noches.

Y no es que yo le creyera ni le dejara de creer, pero ella se me arrimaba, se me arrimaba y hacía tiempo que no me metía con una mujer como ella, porque seguía estando un rato buena.

Y las putitas se fueron y nos dejaron solos y Margarita lloró mucho y me dio quince mil pelas que me vinieron de perlas porque estaba sin un duro.

Y acabé quedándome dormido entre sus brazos, mientras ella seguía hablando:

—A ver si te crees que el maricón no te denunció por tu cara bonita; me llevé el dinero, pero esa noche conseguí tres mollejas de pollo y las enterré con la bolsa de El Corte Inglés donde habíamos cargado el dinero y con la ira de Changó para que nadie pudiera hacerte daño. Y mandé a una amiga que tiene mucho poder a echar polvos en la puerta de su casa. Y sabía que nada malo te sucedería y nada malo te sucederá si te quedas conmigo. Y, si confías en mí, mi amor, no sólo te devolveré todo lo que me he llevado sino que tendrás mucho más. Tendrás bastante para ir a tu Australia en un barco cargado de diamantes.

Margarita y yo nunca volvimos a Australia. Sin embargo, fue por Australia, por los tres días en el motel Sídney que ninguna otra mujer me había dado y que ella me dio en Talavera cuando yo todavía era joven y casi inocente, por lo que volví a caer en sus garras pintadas con esmalte de uñas de las mejores marcas.

Fue por la Australia de sus tetas y porque la Encarna me contó que Margarita antes de conocerme había tenido una hija que cuando cumplió tres años se puso un día a vomitar como les pasa a casi todos los críos, sólo que a la hija de la brasileña el estómago se le volvió del revés y esa misma noche murió. «Infarto intestinal» le dijeron y desde entonces mi Margarita se había vuelto del revés también —dijo la Encarna—, es otra persona y no piensa que las reglas que se aplican a todo el mundo sirvan para ella.

Cuando la Encarna me lo contó algo se rompió dentro de mí, recordé a mi madre cuando me tomé el anís y estuve a punto de no volver a ver la habitación de la mesa camilla, y sentí deseos de proteger a Margarita, de acunarla para que el mundo no volviera a hacerle daño. La peor manera de equivocarse es creer que puedes salvar a alguien. Creí que podía salvar a Margarita y ese fue el principio del fin.

Resultó que, a pesar de todo, Margarita no era puta, o no del todo. Vivía de misteriosos trapicheos y era la que les había vendido a mis amigas las putitas el hachís que nos fumábamos por las tardes.

La había metido en aquello un tal Enrique el Carapijo al que no llegué a conocer porque, mira tú, el día antes había llegado la pasma y le habían metido en el talego.

Margarita estaba de cháchara con sus vecinas de abajo, mis amigas, y por eso no le pasó nada. Cuando nos encontramos, acababa de quedarse sin maromo y Margarita podía pasar sin muchas cosas, pero no sin un hombre y sin un gramo de coca.

Lo de la coca me lo contó la Encarna, que nunca lo hubiera imaginado.

Yo soy de esos que dicen que no entienden cómo persiguen el chocolate y luego pasan por la televisión anuncios de «Anís el Mono» que es lo mismo que si hicieran publicidad de «Chocolate libanés, el mejor, ya lo ves». Los que no creen que el alcohol es una droga dura deberían hablar conmigo para que les contara lo que les hizo a mi padre y a mi madre y a mi vida. Y sin embargo no soporto la cocaína, es la madrastra de todos los males.

Margarita era buena chica, aunque un poco viciosa, como todas las tías de verdad; lo de la coca era lo que la volvía loca.

No fue a Australia a donde volvimos. Ni a ningún lugar que se le pareciese. Acabamos volviendo juntos a Madrid en cuanto me licencié.

Las islas me dan miedo: parece que se van a ir navegando mar adentro. Si no podía llegar a Melbourne, al menos quería volver cerca de mis encinas, y Madrid era un lugar como cualquier otro y el mejor para las artes de Margarita, quien pagó los billetes de avión. Me había comprado todo desde que nos encontramos, hasta los cartones de tabaco rubio. Cuando llegamos a Madrid, me dijo:

—Bueno, mi niño, se acabó, ahora vas a ser tú el que te busques la vida; hasta aquí te he mantenido yo, no creerás que siempre va a haber alguien que te mantenga: un maricón o una vieja o una tonta como yo. No te daré ni un duro más. Haré algo mejor por ti. No te daré un pez, te voy a enseñar a pescar.

Yo sabía lo que quería decir con eso, llevaba tiempo insistiendo para que me metiera en el negocio del chocolate.

Yo siempre le ponía excusas y ella volvía a la carga.

—¿Quieres volver a ser camarero? ¿A currar dieciocho horas por un salario de mierda y a morirte sin haber visto el sol? No, mi niño; tú, como yo, has probado la buena vida, la vida que consiste en vivir y no en trabajar; la vida que son trescientos sesenta y cinco días diferentes al año y no el mismo día trescientas sesenta y cinco veces. Los pobres nunca haremos nada con el trabajo honrado, si pudieras ser ingeniero o doctor y que te llamasen don y hacer dinero trabajando no digo que no, o ser político y llevarte comisiones hasta del aire. Tú y yo, mi niño, sólo tenemos nuestro cuerpo y con él y un poco de picardía hemos llegado hasta aquí. No te creas mejor que yo; si a mí me han mantenido los hombres, a ti te han mantenido las mujeres. ¡Si hasta yo te he mantenido! No puedo seguir haciéndolo pero tengo una idea mucho mejor para ti. ¿O quieres volver con el maricón?

—Bueno —dije—, sólo una temporada, hasta que encuentre un buen trabajo.

Y Margarita me enseñó a pescar. La pesca la llevábamos a cabo cerca de La Latina, en una plaza del Madrid castizo, a la sombra de los austeros azulejos de un bar repleto de fotos dedicadas de toreros.

Es sólo por un tiempo, pensaba, sólo unas semanas. Sólo hasta que Margarita deje la coca.

La coca se había convertido en una obsesión para mí. Una de las cosas que destruye la vida de un hombre es creer que puede cambiar algo o a alguien. Cuando no sólo cree que es posible sino que piensa que esa es su misión, se ha vuelto loco.

Y me volví loco por Margarita por segunda vez.

Margarita era un ser egoísta que ni fregaba los platos ni hacía la comida. Si aguantamos aquel invierno, fue únicamente porque me había propuesto que dejase la coca y creía que yo era la única razón por la que ella la dejaría; pensaba que había sido la coca la culpable de que me traicionase una vez y lo único por lo que me volvería a traicionar.

Un hombre siempre cree en lo mismo en lo que cree su polla. Y no es mejor ni peor por ello.

Margarita tenía los labios gordezuelos y el pelo rubio teñido de leona trenzado como una diosa africana. Aunque había engordado un poco desde los tiempos en los que abandoné a Ángel por ella, seguía teniendo un polvo. Volví a fascinarme por sus uñas únicas en este mundo y en el otro. Ya casi había olvidado aquellas uñas larguísimas que pintaba de rojo cuando estaba contenta, de negro cuando estaba triste, de amarillo cuando estaba enfadada. Sus uñas eran como un semáforo.

Mi semáforo.

Dándome paso libre en la vida.

«MI LIBERTAD NO TIENE PRECIO, TIENE TU NOMBRE», había escrito ella con carmín en el espejo el día que alquilamos el piso. Era mi libertad y no la suya, la que llevaba su nombre o el nombre de sus uñas.

Al llegar a casa, las miraba y sabía cómo había ido el día.

Si eran rojas me besaba, si eran negras la besaba yo a ella, si eran amarillas me encerraba en el baño para no oírla.

Del color que fueran, en cuanto entraba en casa sabía que me tocaba a mí fregar los platos y recoger su lencería de encaje tirada por el suelo.

EL BESO DEL CANGURO

Sus únicas actividades útiles eran llamar al tipo que traía de Cartagena los kilos de oro negro que yo vendía en la plaza y comprar nuevos esmaltes para las uñas.

Aparte de eso, nunca olvidaba untar de miel el pequeño ídolo que había puesto en un rincón de la casa, «para que no me abandone el poderío sobre los hombres». Porque Margarita siempre había vivido con un hombre y de un hombre desde que salió de Brasil. Y yo creía ser distinto de los demás porque era el hombre que la iba a sacar de la coca.

Vivíamos en quince metros cuadrados según el dueño y doce según mi cinta métrica, en una corrala del Madrid antiguo. Sólo cabía una cama y dos sillones de mimbre y Margarita se empeñó en comprar una mesa camilla. No sé cómo la dejé, porque yo sabía mejor que nadie que de las mesas camilla nunca ha venido nada bueno. Debajo de sus faldas escondíamos el chocolate y guardábamos el dinero. Aquel invierno, a todas horas podía oír el resoplido de Margarita aspirando la coca, llegué a soñar con él.

Algunos días no la probaba. Entraba en casa y la encontraba pintándose las uñas y ella dejaba caer el pincel para tirarse a besarme y nos arrullábamos en torno a la mesa camilla. En cuanto me hacía ilusiones regresaba cualquier tarde a casa y le encontraba las pupilas dilatadas y los ojos rojos y las ganas de herirme y gritarme y sabía que otra vez había bajado a pillar.

Algunas veces ella fingía el ruido de aspirar sólo para que yo saltase hasta el baño dispuesto una vez más a tirar el polvo blanco por el retrete. Nunca me parecían tan blancos sus dientes como cuando se reía a carcajadas de mí frunciendo las narices y esnifando el aire colmado de polvos de talco. En una ocasión, la pillé aspirando sobre el retrete una línea cobarde y blanca y la tiré al suelo de una hostia y entonces me acordé de mi padre y de mi madre y de la mesa camilla y me entraron ganas de llorar.

Esa misma noche sonó el teléfono y me dieron la noticia de que mi padre había matado a mi madre de una paliza.

Me senté en el suelo, seguro de que el golpe que había matado a mi madre era el mismo que yo le había dado a Margarita. Por la mañana tenía padre y madre, aunque nunca fuera a verlos, y por la noche los había perdido a los dos, porque el asesino de mi madre ya no podía ser mi padre.

Era huérfano y no me quedaba nadie en el mundo. No me quedaba ni siquiera el consuelo de amar o que me amaran. A partir de ese momento redimir a Margarita se convirtió en una forma de redimirme a mí mismo.

«Tienes que dejar eso, Margarita, o yo te dejaré a ti».

Ella se me colgaba melosa y me prometía que no lo haría más.

«Qué haría yo sin la madre cocaína, amor, con la vida tan triste, la juventud tan corta y la muerte tan larga.

Con los polvos me siento más fuerte que nadie, me siento más bella que nadie; con los polvos me parece que ninguna mujer podrá quitarme al hombre que quiero, y que la felicidad se postrará a mis pies. Con la coca soy inmortal ya no hay dios que pueda castigarme. ¿Qué haré sola en el mundo tan pequeño y tan sin sentido? No conozco más dios que Changó y la Dama Blanca».

Creo que fue por la coca y por la mesa camilla por lo que un día volví a pegar a Margarita. Y ese día me odié de verdad y comencé a odiarla a ella porque me había hecho ser como mi padre.

Me senté en el suelo y aspiré yo también la Muerte Blanca, porque todo estaba perdido, porque si era como mi padre nunca llegaría a Australia, porque toda mi vida era una huida, para no ser como él, y de repente, mientras se me dormía el paladar por la droga y el mundo se hacía más rápido, los colores más vivos y las paredes comenzaban a amenazarme, me miré en el espejo y vi a mi padre que me observaba con los ojos rojos y muy abiertos, y la cara de mi padre era la mía, porque no éramos tan distintos. Cuando pegué a Margarita reconocí en mí al Otro, al Enemigo, y supe que el enemigo estaba dentro y tenía mis ojos y que si no lograba vencerlo dentro de mí todo sería nada.

Hubiera debido matar a mi padre, porque el largo camino desde el huerto con el australiano, a través del bar sin propinas, del amor sin amor de Estrella, del espejismo de Ángel, de las mujeres que habían sido faros en la noche, no había sido más que una huida y al otro lado del camino que se hacía al andar no estaba Australia, no estaba la redención, no estaban las Antípodas donde mi vida sería Otra; al otro lado del camino estaba el Diablo que era yo mismo, que no había podido matar a mi padre ni salvar a mi madre porque yo era como todos ellos: los hombres que dicen que matan lo que aman porque no consiguen matar lo que odian dentro de sí mismos, hombres como yo que no conocen el beso del canguro ni los atardeceres sobre la tierra roja de Australia porque el sonido de las cosas buenas está enterrado en ellos, en una tumba sin lágrimas como la de mi madre.

Pensé en mi madre. Ni siquiera me había atrevido a ir a su entierro para no morirme de vergüenza y de rabia y caí al suelo de rodillas delante de Margarita.

Ella sollozaba encima de la mesa del comedor, su cuerpo estremecido por pequeñas sacudidas como si estuviera sobre una silla eléctrica y no sobre la maldita mesa camilla, la abominable mesa que odiaba más que a nada en el mundo. La abracé y comencé a mecerla como si fuera un bebé. La acunaba para acunarme, la perdonaba para perdonarme. Se habla mucho de ayudar a las víctimas, nadie ayuda a los maltratadores. Yo no quería ser un maltratador, quería ser un hombre.

—Margarita, perdóname: mi libertad no tiene precio, tiene tu nombre.

Ella me abrazó y yo la llevé en brazos a la cama. Hicimos el amor como al principio, una y otra vez, quizá porque sabíamos que ya nada sería como antes, que habíamos traspasado una barrera invisible, que habíamos comido del Árbol del Bien y del Mal y nuestro Paraíso, como el de los Primeros Hombres, se había transformado en Infierno. Para siempre.

Al día siguiente tiré la mesa camilla a la basura y me prometí no acercarme nunca a uno de esos muebles demoniacos. Después de aquello no volví a levantarle la mano, pero discutíamos por cualquier cosa, todo la hacía llorar menos las rayas blancas y a mí todo me molestaba de ella, comenzando por sus uñas de colores. Sólo estábamos juntos en la oscuridad, cuando no teníamos nombre ni memoria, en lo profundo del sexo, donde ni siquiera éramos humanos. Ahí seguíamos encontrándonos cada noche.

La luz del día era nuestra enemiga. Empecé a pensar que no sólo no conseguiría que Margarita dejase el vicio sino que acabaría yo enganchado de la Dama Blanca, de la Muerte Blanca, de los polvos que hacían que la vida corriese mucho más deprisa hacia la Muerte, porque al menos la cocaína no engaña.

Alguien escribió en la pared de enfrente de nuestra casa: «La droga mata lentamente, pero, total, qué prisa tenemos».

Yo no tenía prisa, y el río blanco y sucio nos arrastraba a Margarita y a mí con la misma velocidad hacia la misma suerte.

Y estábamos comenzando a detestarnos en serio cuando la policía la detuvo una tarde en la Puerta del Sol y se la llevaron los de extranjería.

Ese día llegué a casa y no oí el resoplido de la respiración de Margarita ni olí el esmalte fresco de uñas y pensé que se había ido. No se había llevado su cazadora de piel ni sus estuches de cosméticos ni a Yemayá. Nunca se hubiera ido sin ellos. Antes de bajar a la plaza, ya sabía que se la había llevado la pasma. Compré unas sábanas de seda para ir al vis a vis a los calabozos de la plaza de Castilla. Eran tan delicadas que los besos las arañaban y un arañazo bastaba para romperlas. Seguían enteras el día que me dijeron que Margarita no estaba allí y que no sabían adónde había ido.

Cuando supe que Margarita se había librado de la deportación porque se había liado con uno de los polis de extranjería, desgarré las sábanas con los dientes. No me quedaron fuerzas para destrozarme los nudillos en las paredes como había hecho aquella vez en Talavera. Sentí como si una cuchilla de afeitar me rajase por dentro y durante varios días me dolió todo el cuerpo como si mis huesos estuvieran podridos. Se me había roto algo en las tripas y no me sorprendió ver que escupía flemas con un punto negro de sangre.

El hombre no es de fiar ni en el dolor. Llegó el día en que me levanté de nuevo y fui a la plaza, y el día en que me persiguieron con un coche de la Secreta, y el día en que aprendí a vender chocolate solo.

Me acostumbré a ganar algo de dinero. No mucho pero suficiente. El dinero es como un perro fiel. Un amigo que no te pide nada y te reconforta sólo con tenerlo cerca.

Y, a partir de entonces, lo único que me importaba era juntar billetes verdes y lo único que me daba miedo era que me pillase la policía.

De día vendía droga, de noche buscaba a Margarita. En los prostíbulos, en los bares de copas, en los baños de las estaciones de tren, en los pasillos de los hospitales y en los sótanos de los metros, en las peluquerías africanas y en todos los lugares donde se cambiaba el alma por cocaína yo la perseguía, preguntaba por ella a todos los hombres y ella era la razón de que ninguna mujer quisiera estar conmigo.

Creo que Margarita ha muerto aunque no estoy seguro. Dicen que la maté yo. No lo creo. Me acordaría.

De una cosa estoy seguro: soy el único que lloró por ella.

Vinieron a contarme y yo no quise escucharles.

Que habían encontrado a una puta brasileña, rubia y con tetas de diosa, cosida a puñaladas, cerca de la plaza. Tirada en un cubo de basura y con la nariz arrancada a navajazos y el coño en carne viva. Nadie podía comprender mejor que yo el motivo de tanto ensañamiento. Al final se equivocó de incauto.

PARTE 3

Porque a veces pienso que soy
un barco que atraca cada
noche en otro cuerpo

VIII

FÁTIMA

Creía haber llegado a la cumbre de mi buena fortuna pero no podía ser más desgraciado. No quería a nadie ni nadie me quería. Pensaba que nunca volvería a fiarme ni de hombre ni de mujer, sobre todo no de una mujer.

Llevaba meses sin acostarme con ninguna. Las veía por la calle, en el metro, en la plaza y las admiraba como si fueran pájaros o rocas. Las miraba sin ansia, como se miran los pasteles con el estómago demasiado lleno. Me masturbaba a diario y sin embargo la idea de tener algo con una mujer, incluso una amistad sin follar, me parecía absurda.

Vivía en una pequeña buhardilla en Lavapiés y cada noche escondía mi tesoro en el tejado, ayudado de la oscuridad y de la claraboya por la que mi pequeña guarida se abría a los campos rojos de las tejas donde crecían extrañas flores de hierro. Me gustaba contemplarlas para serenarme después de haber pasado la tarde en el frío trasiego de la plaza.

Siempre llevaba prisa y siempre tenía la sensación de llegar tarde.

A veces compraba una botella de güisqui en el chino y me sentaba a mirarla. Casi todas las noches tenía deseos de beber hasta matarme; entonces me acordaba de mi padre, de lo que el alcohol le había hecho a mi padre y a mi madre, y la estrellaba contra las tejas como para bautizar un barco que nunca acababa de partir o la guardaba bajo el fregadero con la esperanza de que se la bebieran las ratas.

De nueve a doce iba a la plaza, todos los días, y me ponía a fumar en una esquina mientras esperaba a los clientes.

Iban llegando y nos saludábamos como amigos, pero no éramos amigos; en los apretones de manos yo les pasaba las chinas y ellos me daban a cambio papeles verdes.

Los coches de la Secreta daban vueltas y nunca veían nada; nosotros sí que les veíamos a ellos con sus matrículas que todos sabíamos de memoria. Ahí volví a encontrarme con Marcial, el comisario de ojos de pez fuera del agua que no había olvidado la Encina Vieja de mi pueblo. De vez en cuando me invitaba a tomar café y me decía:

—El día que te pille, Lázaro, el día que te pille...

Y yo sabía que al día siguiente habría redada.

Porque la poli siempre avisa, no sé por qué, pero siempre avisa; por eso nunca llevaba más de una china encima, el resto lo escondía en las ruedas de algún coche abandonado o en el bordillo de una acera. Más de una vez me lo mangaron los compañeros. Eran gajes del oficio.

Estaba en la plaza dos o tres horas y volvía a casa agotado; sin embargo, sabía que si dormía entonces, soñaría con calaveras de canguros y ríos de sangre, con mi padre aplastando a mi madre contra una mesa camilla, con Margarita jadeando de placer en brazos de un madero, así que, en vez de acostarme, daba un paseo por el tejado y me hacía café. Pasaba la noche viendo la televisión; a esas horas ponían las mejores películas y sólo me dormía al amanecer cuando empezaba a oír los ruidos de la calle y a las vecinas bajando por la compra. Los murmullos de la gente normal que se levantaba cada mañana para ir a trabajar, a vivir vidas normales y muertes normales, me arrullaban y por fin podía dormir sin soñar.

Me levantaba después de comer, compraba algo en los puestos de abastos de los chinos que comenzaban a estar por todas partes, me preparaba una ensalada de tomate con sardinas y salía de nuevo a la calle. De esta manera los días se me hacían muy cortos y no tenía tiempo para pensar.

Vivía como un gato y me había convertido en uno. Egoísta e indolente como los gatos, no quería que ningún ser humano volviera a importarme.

A Fátima la había visto muchas veces en las escaleras sin reparar en ella hasta que un día me la crucé en el portal. Venía cargada con las bolsas de la compra; le sujeté la puerta y entonces se le cayó el tirante del vestido y me fijé en que tenía gotitas de sudor en el escote.

Sentí sed de esas gotitas de sudor y me hubiera gustado agacharme para beberlas. No lo hice. Me quedé pasmado mirando cómo subía con dificultad los escalones. Ya estaba a media escalera cuando me desperté y subí los peldaños de dos en dos para ayudarla a llegar hasta casa. Así me enteré de cuál era su puerta y no tardé en saber que vivía con un tipo que llevaba muchos pendientes y que eran ellos la pareja que a veces armaba escándalo por las noches.

Fátima no era la única mujer a la que yo ayudaba a subir la compra; durante el día sólo me cruzaba con mujeres, más viejas que jóvenes, con faldas rectas, piernas blanquecinas y zapatillas de fieltro. Ellas eran las únicas que veía salir y entrar. No había hombres en aquella casa de viudas, así que todas aquellas viejas de grandes pechos y sonrisas tristes eran mi harén y quizá cruzarse conmigo era la única alegría de sus días. A mi manera yo quería a aquellas viejas, ellas no tenían la culpa de ser viejas y seguro que tampoco se lo merecían. Ellas también me querían y casi todas las tardes dejaban colgadas de mi puerta bolsas de plástico con cacerolas con estofado, tarros con sopa, empanadillas de bonito y alguna vez hasta una auténtica tortilla de patatas.

Al cabo de unos días me olvidé de Fátima como olvidaba a las mujeres que veía en la plaza y que para mí eran rocas o pájaros. Fátima no era ni lo uno ni lo otro.

Volvía de la plaza un atardecer frío cuando vi salir al tipo corriendo y me pareció que llevaba una cara muy rara. No sé si por eso o porque pensé que estaría sola me atreví a llamar a la puerta; nadie contestó. Oí un gemido. Todas las luces estaban encendidas, seguí insistiendo. Nadie salió a abrirme. Me había vuelto como un gato y los gatos saben muchas cosas que nadie les ha contado; sólo así me explico que, de pronto, me invadiese la urgencia de entrar en casa de la mujer de otro.

Lo más difícil fue convencer a la *señá* Angustias, la vecina de al lado, una mujer bajita que sólo salía de casa para comprar leche y para ir a misa. Menos mal que le había subido un par de veces la compra. La mujer no tardó en abrirme cuando le dije que había escuchado una petición de auxilio.

—Hay que llamar a la policía, hijo.

—La policía, señora, siempre llega tarde.

Y, antes de que cambiara de idea, abrí su balcón, que era gemelo al de Fátima. La *señá* Angustias se puso a rezar el rosario mientras yo saltaba al balcón de al lado. No digo que supiera de cierto lo que iba a ver a través del cristal sucio. Me lo imaginaba.

Vi a Fátima tendida en el suelo y vi los riachuelos de sangre que le habían crecido como una cabellera.

Di empujones al balcón de madera; aunque estaba medio podrido, no cedía. Con el tiesto de un geranio muerto rompí el cristal y liberé el pestillo.

Era la casa más triste que había visto en mi vida. Habían tratado de cubrir las grietas en las paredes con cortinas pero las grietas eran más fuertes y sobresalían como dedos y corrían por el techo como las líneas del destino corren por mi mano. Fátima estaba tendida entre los cacharros que yacían por todas partes y, si no hubiera sido por el brillo rojo que le salía de las muñecas, hubiera parecido un objeto volcado más.

No había nada limpio en aquella casa, así que me quité la camisa y la rompí con los dientes para vendarle los brazos. Vi mucha sangre en el suelo. Habíamos llegado a tiempo y quizá no hubiese sido necesario llevarla al hospital de no ser porque se intentó cortar las venas con un cuchillo jamonero. Me gustan los hospitales tan poco como las cárceles y no quería para Fátima nada que no hubiera querido para mí. Planeé esconderla en mi casa y curarla yo mismo, pero las líneas del destino habían empezado a correr en otra dirección. Al incorporarla, me tosió encima. Tardé un momento en darme cuenta de que lo que escupía era sangre. Entonces vi los moretones. Le recorrían todo el cuerpo como un tatuaje de dolor. El bestia aquel le había dado una paliza de muerte. Salí al balcón a tranquilizar a la señora Angustias, que seguía rezando, «ángel de mi guarda, dulce compañía» y le dije que llamara una ambulancia.

Con el agua oxigenada que me dejó la *señá* Angustias comencé a enjugarle la cara mientras le acariciaba el pelo negro, áspero por la sangre coagulada. No le encontraba el pulso y el mío se volvió loco hasta que me incliné sobre su boca y sentí un débil soplo en mis labios. Recordé a mi madre, y pensé que, ya que no había matado a mi padre, tenía que matar al cabrón que había hecho aquello. Sería mi pequeña contribución al bien de la humanidad.

Los de la ambulancia no me querían dejar ir con ella y tuve que decir que era mi novia. Menos mal que la señora Angustias me defendió porque, al decirles eso, quisieron llamar a la policía, pensando que era yo el responsable del estropicio.

Fátima estuvo tres días en la UVI y en ese tiempo no pude verla. Tenía dos costillas rotas y una de ellas se le había clavado en los pulmones. No hacía falta que se hubiera cortado las venas, habría muerto de todos modos si se hubiera quedado aquella noche sola en su casa. Nadie pudo sonsacarle si había intentado suicidarse. Yo siempre sospeché que fue su macarra quien lo hizo para rematar su trabajo. Solía pegarle aunque no tanto como aquel día.

De todas formas, parecía que al tipo se lo hubiera tragado la tierra. La policía apareció finalmente y, una vez más, tuve que mentir asegurando que había oído gritos de auxilio; cómo explicar si no que hubiese acudido en ayuda de quien no la pedía. La policía no sabe las cosas que saben los gatos. Encontraron diez gramos de heroína en el piso. La sangre de ella estaba limpia.

No creo haber pensado mucho en Fátima antes de salvarle la vida aquel día, aunque tengo que confesar que en las noches calurosas quizá me masturbé recordando su tirante que caía. Había decidido no tener que ver con las mujeres y mucho menos con la de un macarra. Ella tenía los pómulos afilados, los ojos fieros y la boca grande como una promesa. Tenía algo de niña y algo de hechicera y unas tetas pequeñas pero puntiagudas que manchaban con dos botones sus jerséis. Siempre se tapaba la boca con la mano para hablar y para reírse.

Sin embargo, cuando por fin pude verla en una habitación, estaba tan pálida que parecía muerta. Había tres camas más en el cuarto, ocultas tras un biombo. Todo quería ser blanco y todo se quedaba en amarillo. Hasta el líquido que le entraba por el brazo. Estaba vendada y gemía al respirar. No me reconoció, yo no era nadie para ella, un vecino en quien no se había fijado. Le habían contado lo sucedido, y lo primero que dijo fue gracias. Eso fue también lo último que me dijo ese día; no parecía dispuesta a hablar ni conmigo ni con nadie.

Al día siguiente, le llevé un gato de peluche. No sé cómo supe que eso la haría reír. La risa la hizo gritar de dolor y nos hizo amigos. Yo no podía saber que el gato era su animal preferido y que su marido le había prohibido tenerlo porque le daban alergia; tampoco podía saber que no había tenido un peluche ni una muñeca, ni de niña ni nunca.

Fátima había nacido en Marruecos. No había cumplido un año cuando su madre se vino a España a reunirse con su padre. A ella y a sus tres hermanas las mandaron a la escuela, porque en este país es obligatorio. Su padre no estaba de acuerdo con que salieran de casa. Por imposición paterna desde los seis años tuvieron que llevar un velo de algodón blanco.

Fátima y sus hermanas entraban en el colegio con el pañuelo vendándoles la cabeza, se iban al servicio y se lo guardaban en el bolsillo del mandilón. Su madre las descubrió una vez. No dijo nada.

Cuando Fátima tenía catorce años, no sólo se quitaba el velo sino que tenía escondido en el pupitre de una amiga un pantalón vaquero y una barra de labios. Le bastaba media hora para escaparse con su mejor amiga y hablar con los chicos del barrio. El padre de Fátima era carnicero, su carnicería de carne sacrificada de acuerdo con el Corán era la primera que abría y la última que cerraba en su calle. Un día, Sanidad se la precintó; «cosas de envidias», mascullaba el hombre mientras bajaba hacia su casa cuando, en la esquina, se topó con Fátima y su amiga, que hablaban con dos chicos que iban en moto. Nunca olvidaría lo que sintió al ver a aquella mujer tan guapa que resultó ser su Fátima, con los labios pintados y los jeans marcándole la figura perfecta que tenía desde que había sido mujer a los once años. El padre se la llevó a rastras, la azotó con un cinturón y la echó de casa; al día siguiente, salió a la calle a buscarla pero Fátima había desaparecido. Se fue a vivir con el Cefe, el tipo de los pendientes y de las palizas. Fátima nunca le había querido. Pero mi Fátima era la persona más agradecida y fiel que he conocido así que siempre se acordó de que él la había recogido de la calle y soportó en silencio sus chutes y sus trapicheos. Tenía suerte de que él traficara porque así siempre tenía para ponerse y, aunque alguna rara vez en pleno mono de la heroína la amenazó para que se prostituyera, nunca la obligó. Sabía mejor que nadie que si él no tenía era porque no había en ninguna parte, porque ni de Afganistán venía ya el polvo blanco desde que estaban los talibanes. De Nueva York a Algeciras, todos los yonquis se morían de asco y ellos también, y eso no se arreglaba con dinero. También sabía que ella no servía para eso, seguía teniendo miedo de Alá y de su padre, quien, aunque la hubiera repudiado como hija, la degollaría si la veía haciendo la calle. Así que Fátima era su esclava y nunca se quejaba de nada. Podía faltar o sobrar el caballo. El dinero nunca faltaba. Fátima se quedó tres veces embarazada y las tres él la obligó a abortar.

Todos los días eran el mismo día y todas las noches la misma noche para Fátima. Y no se atrevía a pensar que los demás quisieran decir otra cosa cuando hablaban de la vida.

Me costó mucho que me contara todas estas cosas. Le dolía al hablar y no se fiaba de los hombres. En los tres meses que estuvo en el hospital, yo fui el único que iba a visitarla. Dejé de dormir toda la mañana. Me levantaba más temprano para ir a verla y pasar todo el tiempo que podía con ella. Cuando cogió confianza, se volvió parlanchina porque en su vida no había tenido a nadie que la escuchara y me contaba hasta los más pequeños detalles de su vida en el hospital y hasta los más remotos recuerdos de los olores de Marruecos.

Ella era un poco como yo cuando era más joven y más indefenso y me inspiraba ternura como si fuese un gatito perdido. Cada vez que le iba a dar un beso en la frente, intentaba protegerse con el brazo como si le fueran a pegar. Nunca conseguí quitarle ese gesto por muchos besos que le di.

El día que le dieron el alta estuve allí esperándola con un taxi. Fátima miraba todo a través de la ventanilla como si lo viera por primera vez.

«Vamos a casa», dije, y sabía que ella no tenía casa a donde ir, que el casero la había recuperado y en esos momentos vivía allí un matrimonio de peruanos, no se lo conté. No quería que aceptara mi hospitalidad obligada como había aceptado obligada todo lo de los hombres. «Tres días de prueba —le dije—, como en tu tierra.

La hospitalidad son tres días. Dormiré en el sofá y tú en mi cama».

El segundo día encontré un gatito abandonado en una esquina de la plaza; el pobre se arrastraba delirando contra la pared y tenía una patita herida. Temblaba de frío y de miedo cuando se lo puse a Fátima en el regazo. Ella se lo metió entre los senos para darle calor y luego le dio leche caliente con una cuchara de madera y le vendó la patita, y todo el tiempo se reía con una risa nueva que no le conocía. Nunca había visto a nadie tan feliz.

El tercer día vino a buscarme al sofá a medianoche y le besé todo el cuerpo e hice lo posible por besarle el alma. Estaba dolorida y llena de moretones, y la acaricié sobre todo con mi aliento. Nos unimos, y no fue como ninguna otra vez que hubiera estado con alguien sino que fue como hundirse otra vez en el vientre de mi madre, en una suavidad que no tenía fin; fue entrar dentro de ella para envolverla como ella me envolvía a mí, porque, por vez primera, había encontrado a un ser más frágil y más necesitado de amor que yo.

Nunca supe si ella me quería o si estaba conmigo por gratitud porque para ella era la misma cosa, sólo que desde que entró en mi vida nada volvió a ser como antes.

Fátima se levantaba antes del alba y hacía el té. En una tetera bruñida de plata, que fue la única cosa que pudo llevarse de la casa de su madre, y con toda la lentitud del mundo, ponía a hervir hojas verdes y servía el primer té, el té de la mañana, amargo como la vida; después volvía a hervir el mismo té y lo bebíamos a mediodía, dulce como el amor, y, por último, aprovechaba los posos y vertía agua para preparar el té de la noche, suave como la muerte.

Por las noches dormía abrazada a mí como si fuera un monito colgado a mi espalda y bastaba sentir su peso para dormirme y tener sueños felices. Soñaba con praderas verdes y con canguros azules que se daban besos. Ella y yo abrazados en cualquier esquina del sueño.

El gatito resultó ser una gatita y le puse Choni, como la oveja que tanto quise y que mi padre se zampó cuando yo aún era inocente. Choni se empeñaba en dormir a nuestros pies y en despertarnos por las mañanas a lengüetazos y era el único rival serio que tenía en el corazón de Fátima.

Me convenció para que dejase de ir a la plaza a «hacer la calle»; «demasiado peligroso», decía. Era una muchacha muy lista, así que se le ocurrió que montásemos el «telechocolate».

Un negocio que no cotizaba en Bolsa y, sin embargo, era el mejor negocio emergente de la España emergente. Todo el mundo vivía del ladrillo y las comisiones. Nosotros vivíamos de ladrillos de chocolate y no robábamos a nadie.

Me cogí un teléfono móvil y compré una moto de segunda mano. Mis clientes llamaban y yo acudía.

De este modo la mercancía se guardaba en casa y no tirada por ahí y la policía no estaba siempre encima de mí.

Me hacía los barrios buenos y los barrios malos. Los porros unían entonces a todos los que querían algo distinto. Entraba en las casas de estrellas del rock y en las de los profesores universitarios. El chocolate era el elixir de la amistad instantánea. Por la mañana podía sentarme en el sofá de un famoso de la tele y por la tarde me sentaba en el de su fontanero. Por unos minutos era su amigo. Risas. Besos en las dos mejillas. Todo el mundo tenía un lugar para el camello frente al televisor. Luego nos dábamos la mano, y en la palma estaba el billete doblado contra la china. Y se rompía el hechizo y yo volvía a ser un pobre camello y ellos a ser ricos, guapos y famosos, o a ser pobres y felices.

Agarraba la moto y volvía con Fátima.

Alguien le había regalado a ella una caja de palo de rosa con incrustaciones. Era una caja muy bonita y la pusimos en el lugar más importante de la casa, encima del televisor.

Mientras hacía mi trabajo, me gustaba tener cortados pequeños trozos negros y guardarlos envueltos en papel albal, brillantes como joyas en la caja. A lo largo del día, iba sustituyendo los trocitos de la caja por billetes y, cuando llegaba la noche, sólo quedaba un pequeño racimo de papel.

Cada vez que ella entraba en casa corría a la caja a ver cuántos billetes había y cuántos trozos faltaban. Era una especie de código oculto entre nosotros. Si había muchos pedacitos, yo vendría aún muchas veces y podríamos besarnos a uno y otro lado del estrecho pasillo de mi buhardilla. Se me clavaban los desconchados de la pared y me dejaban en el jersey dibujos de cal. Era el lenguaje secreto del amor. El deseo dibujaba manchas blancas en la lana que Fátima había tejido, como los adolescentes dibujan corazones en los árboles. Si no quedaban casi piedras negras y había muchos billetes, se acercaba la hora en la que volvería a casa —cansado y hosco— y deseando verla.

Una noche de verano en que el calor era insoportable, Fátima estaba tendida desnuda en la cama y yo me paseaba también desnudo con una cerbatana que le había cambiado a un americano por medio kilo de costo. La cerbatana era de metal azul y con ella yo me dedicaba a cazar las mariposas nocturnas que invadían nuestra buhardilla y llenaban el aire de sombras.

Fátima daba palmas desde la cama cada vez que yo atrapaba una polilla y la dejaba clavada a la pared con el dardo como un trofeo. Otras veces se compadecía de las mariposas y me ordenaba que viniera a la cama.

—¡Qué sería de nosotros si Alá se dedicase a cazarnos con dardos!

—¿Y tú crees que no lo hace? —le decía yo, y continuaba disparando al aire atravesado de alas.

No había acabado mi cacería de aquella noche cuando la puerta se vino abajo con un ruido de desgracia. Nuestra casa era una sola pieza y Fátima, chillando, se cubrió con una sábana. Los policías entraron, me pusieron contra la pared y comenzaron a registrar toda la casa buscando el chocolate. Sólo encontraron las mariposas negras clavadas por las paredes. No había nada, ni una china; por puro azar: yo estaba esperando que llegara mi contacto de Cartagena y ni siquiera tenía mi acostumbrado tesoro en el tejado.

Se enfadaron muchísimo, me zarandearon e incluso llamaron por radio para saber si era un delito cazar mariposas con cerbatana.

Al final se fueron y volví a colocar la puerta rota en su sitio. Apenas se sostenía, ya no era una puerta sino la tapadera de un refugio para dos animales asustados.

Esa noche nos abrazamos más fuerte que nunca y no dormimos hasta el amanecer.

L e prometí a Fátima que dejaría lo del chocolate y comenzaría a buscar trabajo como camarero esa misma semana. Como ella diría: el hombre no es libre ni de cumplir sus promesas. A la mañana siguiente, Fátima comenzaba a servir el té de la mañana, amargo como la vida, cuando llamaron a la puerta. Antes de abrirles, supe que eran maderos.

Preguntaron por mí y no negué que yo era yo.

O, mejor dicho, que me llamaba como ellos decían, porque ni yo sabía quién era en realidad ni a ellos les importaba. Y pensé en toda la gente que ha muerto por llevar el nombre equivocado. En aquel momento, yo también estaba allí por error, viviendo en un nombre y una vida que no eran los míos.

Sacaron las esposas y les dije que, por favor, que vivía allí y que todo el mundo me conocía, que no asustaran a las viudas ni a mi mujer y señalé a Fátima, que había comenzado a sollozar. Las lágrimas llovían sobre el té que ella seguía vertiendo ahora fuera de la taza. Le di un beso y ella me hizo la maleta. Bajé entre los dos hombres, tan tieso como un palo o como un ataúd, y, como había prometido, no me resistí cuando me empujaron dentro del coche. Y así fue como me metieron en la cárcel.

IX

ELIMINACIÓN DE RESIDUOS
SÓLIDOS DEL ALMA S. A.

La gota de agua cae sobre mi cabeza como si fuera una gota de sangre.

No hay quien pueda dormir con esa gota que rompe el cráneo. Intento apartarme y siento la humedad en la almohada como si fueran las lágrimas de otro. No puedo dormir y no puedo pensar y tengo que pensar. Hoy hablé otra vez con la psicóloga y dice que tengo que recordar más cosas si quiero salir de aquí. Cómo se nota que a la psicóloga no le han pasado cosas chungas, que no estuvo a punto de morir a los seis años de una borrachera, que su padre no pegaba a su madre, que ningún australiano le robó la inocencia para siempre, que no hubo una Estrella que la convenciera de que no se pueden coger las estrellas, ni una Margarita que la traicionara mil veces, que nunca fue dando tumbos de amo en amo, de maricón a mujer mayor, de cama en cama y de cuerpo en cuerpo para llegar a ninguna parte.

Para llegar aquí.

Aquí donde sigue cayendo la gota de agua sobre mi cabeza y los ojos de la psicóloga son como los ojos de Estrella, porque ella también huele a colonia y a colegio de pago. No sé por qué me acuerdo ahora de Estrella. Ella y el australiano están enterrados en lo hondo de lo que hace tanto tiempo que pasó que es como si nunca hubiera pasado porque le pasó a otro que ya no existe, a otro que no soy yo aunque se parezca a mí.

Y yo le digo a la psicóloga que no soy ni más malo ni más bueno que los demás y que si estoy en el trullo es por inocente y por dejarme calentar la cabeza por las mujeres. «Que confieses, que tú no eres un pez gordo». Y le hice caso a Fátima. Y me metí en el lío en el que estoy y volví a encontrarme en la habitación cerrada de mi infancia como si no hubieran pasado tanto tiempo ni tantas cosas.

La cárcel no es tan mala como pensaba, resulta que no vamos vestidos a rayas, sino como todo el mundo, y que la habitación tiene una ventana por la que se ve un trocito de cielo que hasta es azul. Ni esto es lo que creía ni estoy aquí por lo que creía. No me acordaba del mapa antiguo de Australia que me había regalado Ángel cuando yo todavía era un niño y pensaba ir a ver la tierra roja. Pensé que me arrestaban por lo del chocolate y al principio no confesé nada. Luego Fátima me convenció de que les dijera todo. Y resulta que ellos de lo del chocolate no tenían ni idea. Estaba en busca y captura por robo de antigüedades. ¿Qué antigüedades?, pensé yo. Y sacaron la confesión que le había hecho al comisario de los ojos de pez en aquella comisaría debajo de los zapatos de toda España. Y había confesado el dinero que le robé a Ángel, el que Margarita me robó a mí, del mapa no había dicho nada. El muy cabrón lo había denunciado más tarde.

Y encima me metí yo solo en el marrón del chocolate, y encima Fátima lleva dos semanas sin venir a verme y no sé qué le habrá pasado...

A los que dicen que España no ha mejorado tanto les respondo que en casa de mi madre, en la casa de la mesa camilla, no teníamos papel higiénico sino que usábamos los papeles de periódico viejo con los que le envolvían la comida a mi madre los de la tienda de ultramarinos.

En casa de Lola conocí el amor de las mujeres maduras y el papel higiénico.

Uno no se puede ir de este mundo sin conocer esas dos cosas. A mí me llegaron sin buscarlas y a la vez: los besos de una mujer que piensa que cada beso es el último y el papel higiénico El Elefante, que venía envuelto en celofán amarillo como si fuera un regalo pero raspaba como la respiración de los pobres. Aquí en la cárcel tenemos papel higiénico blanco y suave como el que usan los perros de los ricos en la televisión. Cuando recuerdo el papel higiénico El Elefante, me doy cuenta de cómo han cambiado todas las cosas y supongo que, aunque no quiera, yo también he cambiado. Los meses aquí van unos detrás de otros, sin dejarme nada nuevo, sólo un poco más de cansancio y una sucesión de sueños donde los canguros y Estrella sonríen, y la cara del australiano se va transformando en una calavera. La vida ya no me parece demasiado larga, sino muy corta. Cuando era pequeño, el tiempo era lento e interminable; parecía que nunca iba a llegar el día en que fuera mayor. Ahora quisiera que no siguiese avanzando. La vida es como un libro: siempre quiero llegar al final y, cuando llego, el libro se ha acabado. Siempre querrás ir más allá y, cuando llegues, el tiempo se habrá acabado y no habrá más vida.

Aunque no sé si yo leo el libro de la vida, tengo más bien la impresión de que la vida me lee a mí. No sé si tiene prisa por llegar al final. Creo que el final le da igual.

Por la noche en la cárcel he visto mi muerte por primera vez como si hasta entonces la muerte fuera algo que les sucediera sólo a otros y de repente se diera la vuelta y echara a correr detrás de mí. La muerte no me había visto hasta que dormí en una celda y ahora viene por mí. Por eso me dedico a leer todo lo que puedo, es la única forma que he encontrado de ser libre aunque esté encerrado y de vivir muchas vidas aunque sólo tenga una.

Desde que estoy aquí, he leído muchos libros. Algo bueno aprendí de Ángel y de Manolo y ahora comprendo a Lola cuando decía que no dormía sola cuando dormía con un buen libro. La cárcel es un lugar donde todo el mundo lee: las cartas de la novia o revistas porno, pero lees. Algunos hasta escribimos... Aquí hay libros de casi todo. He pedido todos los que tenían que ver con Australia. Con la tierra roja de Australia, donde hay hormigueros del tamaño de un hombre y todo el mundo tiene una casa y un jardín para plantar el árbol del mango. He encontrado una descripción de la vida del canguro en una enciclopedia con muchas ilustraciones; gracias a ella me he dado cuenta de que Ángel tenía razón y el animal de mi sueño no es un canguro sino un wallaby, un cangurito con nombre de dibujos animados que se pronuncia *uólabi* y se deshace en la boca.

Fui un bebé canguro hasta que conocí a Fátima; había permanecido en la bolsa protegido por el amor de Ángel, de Lola y la dependencia de Margarita. Otros me habían ayudado y me habían protegido y yo había chupado teta de cariño, con Fátima aprendí a dar. Salté de la bolsa y quería comerme el mundo a saltitos dispuesto a noquear al que tuviera delante. Fátima me había convertido en papá canguro.

Y al principio Fátima venía a verme y me traía las sábanas para el vis a vis. Unas sábanas de algodón para hacer el amor como los casados, pero ahora ya no viene y el teléfono de casa no contesta y sé que ha pasado algo y no sé qué es...

Y la vida es como un chiste porque, aunque no pase nada, siempre pasan cosas; a la semana de estar aquí me cambiaron el compañero de celda, un rapado que no hablaba con nadie, y resulta que trajeron a Felipe el gitano, el hombre más silencioso del mundo. Y yo pensaba que era Felipe el que había traído consigo la insidiosa gota de agua que me rompe el cráneo, igual que trajo otra vez los chistes, las locuras y las historias.

Se había convertido, «Aleluya», decía todo el rato, y siempre estaba leyendo un libro rojo del que no se separaba ni para usar el retrete.

—Ahora estamos en el vientre de Jonás y somos como la ballena. O en el vientre de la ballena y somos Jonás... Pero tú, *quillo,* estás en el vientre del canguro.

Maldita la hora en la que le conté mis sueños del canguro, porque Felipe ya no era lo que fue y la buena intención se le desbordaba con el amor a Dios y el mono de heroína. No sabías si contaba chistes, si deliraba o si estaba hablando en profecías.

—Mi abuela decía que soñar con bichos era malaje, y los gitanos nunca soñamos con canguros. Ella sí soñó una vez y no supo el nombre del animal hasta que lo vio por la tele y esa noche soñó que el canguro la perseguía para besarla y estuvo soñándolo siete noches, y a la séptima, el canguro la besó y esa mañana nos tiraron la chabola...

—Luego supimos que mi primo el Cojo, el que acabó matando a su hermano cuando lo encontró encamado con su mujer, también había soñado el beso del canguro. Es lo que sueñan los que pierden la amistad con la suerte...

No sabía si se lo estaba inventando o era de verdad, tampoco tenía cosa mejor que hacer que escucharle.

—Lo importante es que no te bese el canguro. Siempre acaba por besarte, toda mi vida he corrido delante del canguro y al final me besó, como a todos, y yo soy eso, lo mismo que todos. Hay algunos a los que el canguro besa más que a otros, algunos que todavía se acuerdan de cuando soñaron con él; por eso es tan importante que me digas si te besaba el canguro...

Y se me revolvían las tripas y me daban ganas de atizarle, y ni aun así podía recordar si en el sueño me besaba el canguro.

—Me han besado bestias peores —le decía al gitano, y me reía, pero por dentro se me salía el hígado del sitio.

En el fondo de mi corazón, estaba seguro de que el canguro sí que me había besado y me seguía besando, ¿de dónde sino mi negra suerte? El mundo era más libre de lo que nunca había sido, menos yo que seguía en la cárcel.

—Felipe, yo no sueño con un canguro, es un wallaby, un canguro pequeño.

—Un canguro pequeño también es un canguro.

—No, ya no es un canguro. Es otro animal y tiene otro nombre.

—El tamaño sí importa. Fíjate en los asesinos: si matas a una persona eres un asesino; si matas a un millón de personas, eres el Padre de la Patria.

—Y los ladrones: si robas cien duros vas a la trena, si robas cien millones te vas al Caribe.

—¿Tú cómo crees, *quillo*, que España no está peor de lo que está? Por aquí entra toda la droga que viene a Europa. Eso es mucho, mucho dinero. Dinero que hay que lavar poniendo bares y negocios legales. El oro de América se fue todo a Flandes. La droga también se va a Flandes pero va dejando algo para montar burdeles y construir pisos y que siga girando la rueda.

—¡Estás loco, gitano! Eres la única persona a la que le ha sentado mal dejar el caballo.

Discutíamos durante horas y al final Felipe se arrodillaba y se ponía a rezar por mis pecados.

Y no sé muy bien qué religión era la de Felipe pero era bonita porque todavía tengo aquí una hoja que él siempre estaba leyéndome y que él decía que eran las palabras de un indio de verdad que se llamaba Sealth. Y a mí me gustan porque parece que hablan de Australia y están llenas de libertad. Y nadie puede comprender la libertad como yo que nunca la he tenido.

Soy salvaje y no comprendo otro modo de vida. He visto a miles de búfalos pudriéndose en las praderas, muertos a tiros por el hombre blanco desde un tren en marcha.

¿Cómo se puede comprar o vender el firmamento, ni aun el calor de la tierra? Dicha idea nos es desconocida. Si no somos dueños de la frescura del aire ni del fulgor de las aguas, ¿cómo podrán ustedes comprarlos? Cada parcela de esta tierra es sagrada para mi pueblo. Cada brillante mata de pino, cada grano de arena en las playas, cada gota de rocío en los oscuros bosques, cada altozano y hasta el sonido de cada insecto es sagrado a la memoria y al pasado de mi pueblo. La savia que circula por las venas de los árboles lleva consigo la memoria de los pieles rojas.

Los muertos del hombre blanco olvidan su país de origen cuando emprenden sus paseos entre las estrellas; en cambio, nuestros muertos nunca pueden olvidar esta bondadosa tierra puesto que es la madre de los pieles rojas. Somos parte de la tierra y ella es parte de nosotros. Las flores perfumadas son nuestras hermanas, el venado, el caballo, la gran águila; estos son nuestros hermanos. Las escarpadas peñas, los húmedos prados, el calor del cuerpo del caballo y el hombre, todos pertenecemos a la misma familia. Por todo ello, cuando el Gran Jefe de Washington nos envía el mensaje de querer comprar nuestras tierras nos está pidiendo demasiado.

Y cada vez que es día de visita y Fátima no viene, Felipe me lee el canto del gran jefe indio que no sabía lo que era un lugar cerrado como este.

Ahora mi vida es un lugar cerrado, y con razón me acuerdo de la mesa camilla en esta habitación de la que no puedo salir.

Tantas veces he esperado inútilmente a Fátima que me aprendí el canto del indio de memoria y pienso que soy Sealth y que cabalgo canguros en vidas pasadas. Estoy tan triste que me gustaría que el Gran Jefe de Washington se acordase de mí. Tengo la sensación de que él también pasaría de largo como en la película esa que nos pusieron el otro día. *Bienvenido, Mister-Marshall.*

Es una película que va de un pueblo que se parece a mí, todo el día esperando a los americanos que les traerán todo lo que les falta. Y los americanos al final llegan y pasan de largo.

Exactamente como me ocurre a mí, siempre espero una llamada, una carta, algo que cambie mi vida y me lleve a Australia, sin hacer nada, y comienzo a sospechar que el pueblo de *Mister Marshall* y yo padecemos de lo mismo. De no ser ni buenos ni malos, de querer cambiar y no saber cómo, de dejarnos llevar por la corriente como un pedrusco pequeño y sin importancia. En el pueblo sabemos muy bien que todas las cosas que se lleva la corriente acaban despeñadas en la catarata grande del Salto: los pañuelos de las novias, las ovejas, alguna vez un ciervo o una vaca y, cuando era pequeño, incluso un niño en su carricoche. Cayeron en la corriente, se dejaron llevar por ella y nunca más se supo.

En cambio, mi primo se cayó al río, se agarró a una encina y consiguió salir, y nadando salió una vez la Choni, mi oveja favorita, y a contracorriente van los salmones y los sapos y no se pierden.

Si salgo de aquí, tengo que intentar ir a contracorriente, que las cosas no me decidan a mí. Decidir yo las cosas.

Todo esto y más se me ocurre cuando estoy triste y no salgo al patio.

Y estoy triste cuando Fátima no viene y ahora estoy siempre triste porque no viene nunca.

Y cuando más triste estoy me acuerdo de la tierra roja de Australia que no he visto más que en sueños y de las rojas praderas de los tejados de Lavapiés donde tengo escondido más de un millón de pesetas, como una semilla plantada en Madrid, entre flores de acero que hablan con Australia por satélite. Y cuando salga voy a buscar a Fátima y nos vamos a ir los dos a encontrar un lugar para plantar nuestro árbol del mango en las tierras rojas del Territorio del Norte. En las Antípodas. En Australia.

Y tendremos una piscina con un surtidor de bronce en forma de cabeza de cocodrilo. Y alrededor de mi casa, no habrá ningún otro cocodrilo porque tendrán miedo de mi escopeta y mi casa será más alta que los palacios de las hormigas y seremos reyes en castillos de hierba.

Y cuando dejé de esperar la hora de visita, cuando estuve seguro de que nadie vendría a visitarme, me dijeron que alguien me estaba esperando. Y pensé en Fátima y me puse de pie de un salto y me eché colonia en los sobacos, y por los hombros, la camiseta del zoo de Madrid que tanto le gustaba a ella.

Y cuando llegué al locutorio, vi un fular rosa y supe que era Ángel, un poco más viejo, igual a sí mismo y con la misma bufanda rosa que era la bandera que llevaba el día en que lo conocí, cuando todavía había canguros en el mundo y yo no sabía lo que era un wallaby. Le habría dado de hostias si no fuera por el cristal pero de repente tuve un nudo en la garganta y ya no tenía ganas de darle de hostias sino de que me abrazara.

—Manolo… —dijo, y yo supe que algo muy malo le había pasado.

Ángel, que siempre lo conseguía todo, logró que me diesen un permiso para ir al entierro de Manolo, aunque no era familiar mío ni nada. Era duro para Ángel —que siempre se salía con la suya, que me había conseguido a mí, que había conseguido meterme en la cárcel— que hubiera algo que no pudiera conseguir. Me dio pena ver cómo se le encogía la nuez debajo del pañuelo de seda rosa y cómo se le ponía cara de maricón viejo mientras me contaba la muerte de Manolo:

«Fuimos a Houston, sólo para decir que se había intentado todo, pagué montones de pruebas que no sirvieron para nada y que yo sabía que no servían para nada, sólo porque quería gastar hasta el último peso en intentarlo todo».

El entierro fue una mañana neblinosa. No éramos muchos en el tanatorio: Ángel, un primo de Manolo que había venido desde Orense, los dos policías que me llevaban esposado y yo.

Nunca había estado en un tanatorio, era un edificio de ladrillo rojo con pinta de hamburguesa gigante. Desde la autopista, en el coche de la policía, me pareció un gigantesco bar de copas con sus terrazas de verano bajo los porches. Una terraza a la que le habían quitado las sillas y las mesas y le habían dejado las multitudes de gente con vasos de plástico en las manos y con mucha sed.

Una pantalla gris anunciaba los nombres de los muertos como si fueran aviones a punto de partir.

Los policías se perdieron dos veces, entre los centenares de cabinas de metal azul y los niños que chillaban y jugaban con canicas negras.

Al fin llegamos a una sala rectangular donde estaba Manolo al otro lado de un muro de cristal, como en un escaparate.

No se parecía nada a sí mismo. Supongo que en eso consiste estar muerto. Su cara era una mueca parecida a la de Manolo, pero no era Manolo.

Entraron unos empleados en mono gris con un montacargas como los que usábamos para apilar jamones en el almacén. Metieron a Manolo en una bolsa grande de plástico marrón y la bolsa en un ataúd. Sólo entonces Ángel se movió y abrió la boca. No consiguió decir nada. Uno de los empleados bajó una cortinilla blanca como la de los trenes y fue la última vez que vimos a Manolo. Nos dijeron que teníamos cinco minutos; el primo de Orense, Ángel, los dos policías y yo salimos corriendo hacia nuestros coches aparcados. La furgoneta marrón se alejaba a toda velocidad.

Los policías frenaron en seco y a punto estuvieron de estrellarse en acto de servicio en la curva que daba acceso al cementerio. Por fortuna la furgoneta se detuvo delante de una caseta, esta se abrió y vimos a un cura con sotana armado de un megáfono. El megáfono era totalmente innecesario, porque Ángel, los policías, el primo y yo habíamos llegado corriendo y estábamos tan cerca que habríamos podido oír la respiración del muerto.

—¿Cómo se llamaba el muerto?

—Manolo —dijo Ángel—, se llamaba Manolo.

El buen padre se empeñó en llamarle Antonio en el responso de un minuto que le dedicó, megáfono en ristre; debía de ser el nombre del difunto anterior. No tuvimos tiempo de preguntarlo, porque ya el furgón seguía a toda velocidad por entre avenidas pobladas de bloques silenciosos.

«Es la ciudad dormitorio de los muertos», dijo Ángel, y vi que todavía podía hablar.

Perdimos a la furgoneta fúnebre. Ángel tuvo suerte de que yo fuera esposado y con la pasma encima. Los policías estaban habituados a las persecuciones y eran buena gente. Enseguida la localizaron aparcada en una esquina.

Ángel había comprado un panteón con tres nichos. Tres empleados en mono naranja con otro montacargas subieron el ataúd hasta el tercer piso y apilaron las flores. Mi corona no cabía dentro entre todas las que había mandado Ángel y se quedó aparcada en un rincón como las cosas inútiles. Dos de los empleados del mono naranja sacaron pistolas de silicona y sellaron la tumba como si fuera un fregadero.

Entonces, el que parecía ser el jefe dijo:

—Hemos terminado —y como no nos movíamos—: ¿Quién me firma aquí y se queda con los papeles?

El primo de Orense firmó, que para eso era el único familiar de sangre, y comenzó a alejarse lentamente de la tumba.

Sólo entonces los policías me soltaron las esposas para que pudiera abrazarme a Ángel.

—Hemos terminado —repitió el hombre del mono naranja mirando a los policías inmóviles.

—No quiero morirme aquí —suplicó Ángel, mientras me pasaba el pulgar por las mejillas mojadas de lágrimas. Él tenía los ojos secos.

Cuando los policías me empujaban hacia el coche que me devolvería a la cárcel, Ángel me dijo, sin preocuparse de que lo oyeran:

—Ahora sólo me quedas tú. Por eso te denuncié, porque necesitaba encontrarte y la mejor forma era echarte encima a toda la policía.

X

EL TIEMPO DE LOS SUEÑOS

L os aborígenes de Australia dicen que antes de nada era el Tiempo de los Sueños y no existían ni hombres ni mujeres sino que todo eran voces.

A nosotros, del Tiempo antes del Tiempo, sólo nos quedan los ecos que son tan finos como la más fina tela de araña.

Oí hablar del Gran Canguro por vez primera muy cerca del fin del mundo. Entonces no sabía que el fin del mundo depende del lugar en el que estemos en el principio. Ese lugar se llamaba Kununurra y estaba oculto por una llanura roja y sembrada de baobabs. No muy lejos de allí había caído una vez el mayor meteorito de la historia y la tierra seguía doliéndose de su enorme herida. Aquello había ocurrido en el Tiempo de los Sueños y hoy nadie podía recordarlo. A lo único que podíamos aferrarnos era a las carreteras polvorientas que cortaban las cascadas por su mitad como si nuestro coche desatara los sollozos del río. Había viajado por aquella tierra durante tres días sin encontrar ni pueblos ni pájaros. A veces, sólo a veces, algún extraño compañero. El país era tan inmenso como mis deseos, aquellos que yo mismo había ido a perseguir a Australia.

Se contaban tantas historias del Gran Canguro... Cuando llegó a la Tierra Austral en la canoa de la Ballena, sus patas tenían todas la misma longitud. Una generación sucedía a la anterior y el Canguro recorría las llanuras a cuatro patas como hacen los dingos y la tierra no había visto todavía un ser que se desplazase a dos patas.

Entonces llegó el Hombre Cazador. Erguido sobre sus dos patas disparaba lanzas que viajaban más rápido que cualquier animal de cuatro patas. Y tenía hambre de carne y su hambre nunca se saciaba.

El Gran Canguro descansaba a la sombra de un árbol del mango cuando sus oídos oyeron un sonido que podía ser el viento y no era el viento. Se levantó y vio que era el Hombre, un hombre que tenía un arma en la mano, y el Canguro nada podía contra esa arma así que echó a correr. Seguro de que con cuatro fuertes patas no sería difícil vencer a un ser que sólo tenía dos. Corrió y corrió pero las dos patas del hombre resultaron ser fuertes y veloces. Durante horas el Hombre persiguió al Canguro y el Canguro no consiguió aumentar la distancia a pesar de lo mucho que se esforzó. Por fin pareció que habían llegado al horizonte y que el Hombre le había alcanzado. Entonces cayó la oscuridad sobre la tierra como si el sol estuviera de parte del Canguro, pero el sol nunca oye nuestras plegarias. El Canguro estaba agotado, se dejó caer sin fuerza sobre las piedras. Hasta que vio una luz deslumbrante entre las sombras como si el sol hubiera bajado a la tierra. El Hombre había encendido un fuego para calentarse en la noche helada. A su luz hubiera podido ver al Canguro tendido no lejos de él. Con mucho cuidado el Canguro se puso en pie, se elevó de puntillas sobre sus dos patas traseras para no hacer ruido y así consiguió escapar.

Al cabo de un rato se dio cuenta de que estaba utilizando dos patas en lugar de cuatro tal y como había visto hacer al Hombre durante la larga persecución. Se dio cuenta de que podía llegar más lejos saltando que andando. Era tan divertido que lo ha seguido haciendo hasta hoy.

Los australianos no decían Kununurra sino «ka no nara» y a mí me sonaba a «como nada». Como si no tuviera nada que hacer allí.

Nada más que buscar al Gran Canguro. Le seguí de Katherine a Ayers Rock y más tarde a través del desierto de Simpson hasta Adelaida. Ofuscado por las noticias que recibía de él en cada parada.

Le di alcance en un lugar que los de allí pronuncian «Sediuna», como si fuera un cruce entre la seducción y la luna.

Era el Gran Canguro Rojo sobre el que dormía toda la tierra de Australia. Me llamó enseguida por mi nombre y supe que también él conocía mi llegada...

—Pero eso no sucedió —dice la psicóloga—, eso que cuentas nunca ha sucedido.

Todo lo que yo cuento ha sucedido o está sucediendo. O va a suceder. Yo no tengo más imaginación que Dios; si algo se me ocurre, es que es posible, es que está también en la mente de Dios.

Y entonces los ojos de mi psicóloga empiezan a hacer chiribitas iguales que las que hacían los ojos de Estrella. Me meto las manos en los bolsillos y bajo la mirada.

No había más que decir y yo tenía que seguir contando.

—Te lo inventas o lo has copiado de algún libro de la biblioteca... O es que quieres que suceda realmente o es que ese es tu verdadero deseo —dice la psicóloga con los ojos de Estrella—. ¿Sabes distinguir lo real de lo irreal? —pregunta.

—Por supuesto que no —contesto, y me río para que ella también se ría. No quiero que piense que estoy loco, por lo menos no tan loco—. Sólo quiero seguir contando.

—Podrías escribir —dice la psicóloga—, deberías escribir tu historia. Haces faltas de ortografía pero cuentas cosas maravillosas. Podría grabar lo que me cuentas y corregir tus faltas.

No sé por qué a la gente le fascinan las historias de los otros, es algo que nunca he entendido; me parece que esta psicóloga viene a la cárcel como otros van al cine, a ver la vida de otros y olvidarse de la suya.

Aunque huela a perfume caro y a colegio de pago.

Y tenga los ojos de Estrella.

Quiere saber más de Ángel y de Fátima y del canguro, quiere saber si existieron de verdad o si me los he inventado yo como en el Tiempo de los Sueños los dioses inventaron Australia.

Claro que existieron y existen, aunque no pueda verlos ahora. Lo que no se ve, si nadie lo cuenta no existe. Nunca veo a Fátima y a veces me cuesta recordar su cara. Recuerdo el sabor del té que preparaba casi siempre amargo como la vida.

A Ángel en cambio lo veo todos los días de visita, quién iba a decir que volveríamos a encontrarnos, y aquí estamos.

Ángel dice que él me metió en la carcel y que él me sacará de aquí.

Al principio no me atrevía a pedirle que buscara a Fátima. No me fiaba de él pero la psicóloga de los ojos de Estrella quiere convencerme de que todo el mundo tiene más de una oportunidad. Así que yo supongo que eso es lo que Ángel ha venido a buscar aquí, otra oportunidad. No mucha gente viene a ver al tío que ha metido en la cárcel. Ángel no es gente. Es otra cosa.

Estoy desesperado porque sé que algo le ha pasado a Fátima. Recuerdo cuando la encontré en el suelo de aquella casa con las muñecas ensangrentadas y el cuerpo lleno de moretones y temo que le haya ocurrido algo. Así que al final se lo he contado a Ángel y Ángel dice que no hay nadie en la casa, que ella ha desaparecido, que la encontrará para mí.

Y espero que la encuentre porque me acuerdo de las rojas praderas del tejado de mi casa en Lavapiés y de la teja roja como la tierra de Australia donde tengo escondido un millón de pesetas, suficiente para un billete a Australia para ella y para mí.

S i quiere hablar con un ser humano, espere cinco minutos...»

Por hablar con un ser humano esperaría la vida entera, máquina cabrona.

He conseguido que me dejen llamar. No preguntéis qué he hecho a cambio. Llamo. Intento adivinar por el sonido del tono si van a contestar el teléfono. Lo intento una y otra vez. No hay nadie al otro lado. Sólo un puto ordenador.

«El número al que llama está apagado o fuera de cobertura en este momento».

Ella no está y no sé lo que ha sucedido. A muchos les abandonan sus mujeres cuando están en la cárcel; creí que no me podía pasar a mí, no con Fátima.

A veces pienso en decirle a Ángel dónde tengo escondido el dinero, no por nada, sino para que se ocupe de él y vea que confío, que lo he perdonado. Ese dinero es lo único que tengo para no seguir siendo un desgraciado cuando salga de aquí como he sido un desgraciado toda mi vida.

Ángel dice que no hay visados para quedarse en Australia, que ya no quieren más gente allí, que está lleno, aunque en realidad está vacío porque el país es una enorme tierra roja poblada de canguros, más grande que Europa y donde sólo viven veinte millones de personas.

Ya que están tan anchos, habrá sitio para uno o para dos más. Si no hay sitio cuando esté allí se me ocurrirá algo para buscar al Gran Canguro de mis sueños. A lo mejor existe de verdad y es una especie desconocida y me pagan por descubrirla o a lo mejor tengo que matarlo, y esto me daría pena. Ángel dice que en Australia hay gente que se gana la vida matando canguros para el gobierno. Dice que los canguros en Australia son como las ratas en una gran ciudad. Hay demasiados, se comen todo. Son peligrosos.

Nunca se me hubiera ocurrido comparar un canguro con una rata. Las ratas me dan mal rollo, viven con nosotros y de nosotros. Cuando estás cenando en el mejor restaurante de lujo de París, una rata está cenando a pocos metros, en el subsuelo. Yo nunca he estado en París pero lo sé. Las ratas son la cara B. Lo que hay por debajo de las cosas buenas. Si el hombre consigue conquistar un lugar, lo consiguen también las ratas. Hay ratas hasta en la Antártida. En serio, lo he leído. Son nuestra sombra. Y se nos parecen: sólo las ratas y los hombres hacen la guerra.

Si el mundo se extingue en una catástrofe no quedarán los insectos: quedarán las ratas.

En cambio amo a los canguros. Para mí son el símbolo de la libertad.

Me gustaría ser uno de ellos y poder saltar por encima de lo que no me gusta en lugar de caminar paso a paso hacia mi propia muerte.

Por eso no quiero matar canguros, aunque a lo mejor es eso lo que quiere decir mi sueño. Mata al canguro, mata al enorme canguro que vive dentro de ti y vete a buscar al de fuera, al que vive en las Antípodas.

Así que en mi celda miro los mapas de Australia que me ha traído Ángel y la foto de Fátima. Es otro continente. Un continente donde todo es posible.

Algunos días aquí en la cárcel me da miedo. Los sueños también asustan. Por eso son sueños.

Por malo que sea, no puede ser peor que mi pueblo e incluso en mi pueblo había encinas grandes que me gustaban y por las que merecía la pena quedarse.

Cuando nace un aborigen recibe en herencia una canción; si juntásemos todos los compases tendríamos la canción que creó al mundo. La canción de cada niño aborigen también puede llamarse su sueño. Cuando un bebé hereda una canción también hereda la tierra que esa canción creó no como una posesión, como creen los blancos, sino como la responsabilidad de mantenerla tal y como los Antepasados la cantaron. Las canciones se pueden compartir, pedir prestadas, a veces alquilar. No se pueden vender y uno no se puede deshacer de ellas. Son un compromiso hasta la muerte.

Los antepasados crearon toda la tierra roja cantando y andaban mientras cantaban, por eso las canciones son también un mapa de carreteras. Puedes viajar a cualquier lugar de Australia, conocer todas las charcas y las tierras de caza a lo largo del camino si aprendes las canciones correctas. Un joven aborigen desapareció durante años viajando hasta el final de los versos de la canción y pidiendo a quienquiera que se encontraba por el camino que le enseñara los siguientes acordes.

Eso me gustaría: ir por el mundo siguiendo una canción que fuera un mapa. Pero mis padres no me regalaron una canción al nacer y todavía no he aprendido a caminar por las canciones de otros.

Me gustaría aprender. A lo mejor por eso estoy en la cárcel. Lo pienso y luego golpeo con los nudillos la pared blanca de esta celda hasta que la pared está roja y mis manos blancas.

Como si no tuviera suficiente para encabronarme con pensar en Fátima y en dónde diablos estará metida, me acuerdo mucho de Manolo. De la manera en que siempre estuvo en mi vida sin estar y de la forma en la que me he quedado un poco más solo. Hacía mucho tiempo que no le veía y parece rídiculo que diga que lo echo de menos ahora que está muerto. Ahora que no está lo tengo más presente que nunca. Echo de menos el poder echarlo de menos. Él tiene un peso que cambia mi peso en el mundo. Sin él siento que le falta algo a mi centro de gravedad. No son tantas las personas que han contado para mí, y puede que la psicóloga tenga razón y lo único que he hecho ha sido buscar un padre, porque he tenido muchos padres, empezando por el mío, que no servía, y siguiendo por Manolo y por Ángel. Y yo, que he tenido tantos padres, nunca me he sentido como un hijo.

Lo peor de la cárcel es tener tanto tiempo para pensar, se le ocurren a uno ideas que no lo dejan dormir, como que me he pasado toda la vida buscando sin saber siquiera qué buscaba. Siempre decía que quería ir a Australia pero nunca hice nada de verdad para saltar hacia mi sueño, o quizá lo único que hice para merecer ir a las Antípodas fue ir a la huerta del tío Enrique con el australiano y dejar que mi padre me moliera a palos sin contar quién le había robado los cuartos al tío Enrique; entonces yo creía en las cosas, era tan tonto como para dejar que me pegaran y me engañaran porque tenía principios. Se me han perdido por el camino. Ahora estaría contento de volver a la plaza a vender chocolate, como si vender chocolate fuera haber llegado a alguna parte.

Supongo que sólo me quedan Fátima y Australia y están fuera de mi alcance. A mi alcance sólo tengo a Ángel.

Y espero con ansia sus visitas, sin explicarme por qué no le guardo rencor por haberme metido en la cárcel; es como si la cárcel y él no tuvieran nada que ver. Me trae cigarrillos, dinero y consejos y hablamos de Australia.

Finalmente he sabido por él que Fátima está otra vez con el chulo aquel que la maltrató y casi la mata si no hubiera sido porque yo era como un gato y salté por su balcón; no hay quien entienda a las tías.

Sufro por ella, porque no creo que se haya ido con él por propia voluntad. Sí, Fátima estaba colada por mí y conmigo no le iba a faltar de nada. Es que esto de la cárcel es un rollo muy malo, como dice Ángel.

El día que me contaron que la Fátima estaba otra vez con el Cefe, se me hizo un nudo en el estómago y parecía que tenía un sumidero encima de mi ombligo que aspiraba todo mi ser y que yo me iba entero alcantarilla abajo por aquel sumidero hacia el vacío.

Y lo único que podía ver, a través de la borrosa nada que llenaba el mundo y que cambiaba las caras de las personas como si fuera el aire de una hoguera en la que el mundo tiembla, eran las oraciones de Felipe, el gitano, la colonia que usaba la psicóloga con los ojos de Estrella y el aroma del tabaco rubio que

Ángel me había enseñado a fumar y que llevó a Manolo a la tumba.

Ángel me lo traía cada vez que venía a verme y lo fumábamos juntos con fruición, dejando que las espirales de humo abrazasen la ventanilla de la sala de comunicaciones. Ángel fuma más ahora, dice que le gustaría morir de cáncer de pulmón, como Manolo, que nunca había fumado hasta que se fue a vivir con Ángel. Y un día de lluvia, que aquel invierno en Carabanchel eran los más, me dijo —a la mitad de nuestra diaria comunión de cigarrillos y tristeza— que lo había arreglado todo y me iban a soltar antes de dos meses.

Jonás pasó tres días y tres noches en el vientre de la ballena, yo pasé tres años con sus días y sus noches en el vientre del canguro. Y el vientre del canguro estaba oscuro y olía mal. Yo tenía el chabolo como los chorros del oro pero se colaba el olor del miedo. Los hombres son como las ratas: se vuelven locos cuando están muy juntos. Eso es lo más terrible de la cárcel: estar tan junto a tanta gente y, a la vez, estar tan solo. En la cárcel la soledad es un lujo. No estás solo más que cuando duermes. De día siempre tienes a alguien a tu lado y por eso te sientes aún más solo.

Los últimos días en la cárcel se me hicieron muy lentos, yo sabía que el tiempo no es siempre igual a sí mismo y recordaba que Ángel me había dicho que los últimos minutos de Manolo, respirando trabajosamente contra la muerte, fueron más largos que siete años arando la tierra gallega de sus padres. Ángel escuchaba los estertores y esperaba que fueran igual de largos en la mente de Manolo, que llevaba tres días inconsciente, igual de largos y con sueños de prados verdes. Al final, Manolo se incorporó en la cama y dijo en voz alta «Lázaro» y cayó muerto, e inmediatamente su cara cambió de expresión como si en ese momento pudiese ver algo que siempre había estado buscando.

«Cuando era joven siempre buscaba algo que sabía que no iba a encontrar, me hice viejo cuando dejé de buscar y dejé de buscar el día en que murió Manolo».

Eso me había dicho Ángel y yo también había dejado de buscar.

Ahora sólo contaba los días y las horas y me parecía que la gota de agua caía más lentamente que nunca, como si el tiempo se hubiera parado y no fuese a llegar nunca el día de mi libertad.

Sin embargo, una mañana, un mes antes del día señalado, oí mi nombre por la megafonía. Salí del chabolo con miedo porque en la cárcel cuando oyes tu nombre no te espera nada bueno.

Y el miedo me acompañó hasta la puerta de la calle.

Tuvé que cerrar los ojos. No recordaba que el sol de Madrid fuera tan fuerte y tan terrible. Di un paso adelante.

Y no me acordé de Felipe el gitano, del que no me había despedido, pero sí de la psicóloga con los ojos de

Estrella, de la que ni siquiera sabía el apellido. No tenía tiempo para mirar atrás; estaba de pie en la acera sin un duro en el bolsillo y con el mundo por delante. Estaba acojonado. Era feliz.

Y antes de que tuviera tiempo para decidir qué hacer, apareció Ángel con el mismo coche rojo con el que me había sacado hacía tiempo de otra sucursal cutre del Infierno.

—Lo mandé reparar para el día que salieras —dijo, señalando el coche.

Y tuve que reconocer que Ángel siempre había tenido en mi vida el don de la oportunidad.

—Todas las cosas que importan tienden a hundirse por su propio peso. Sólo la mierda flota —dijo Ángel.

Temí por un momento que me enseñara a Fátima dándose el lote con alguno, como me había enseñado a Estrella morreándose en un coche hacía ya tantos años.

Fátima nos esperaba en un café árabe de la calle del Pez. En cuanto me vio se levantó corriendo y me cubrió de besos nerviosos como los que dan los cachorros de pastor alemán. Luego nos sentamos en unos cojines con las manos cogidas. Fátima estaba muy delgada, tenía grandes ojeras que la hacían mayor y más desvalida a la vez. Parecía más niña que nunca. Enseguida me fijé en que tenía tatuado un punto negro en la mano que yo nunca había visto.

En la mesita baja habían traído una tetera bruñida pero Fátima no se inclinó a servir el té.

—Creí que nunca volvería a verte. Él dijo que no saldrías nunca.

Era inútil preguntar quién era él, el pronombre me volvía a abrir el agujero encima del ombligo.

El café olía a humedad y al aroma dulzón del hachís, que tanto me había gustado en el pasado. Esa mañana sólo me recordaba los atascos infinitos en carreteras de mala muerte con una tableta cargada de antecedentes en el bolsillo.

—Vente conmigo, Fátima, vamos a Australia.

—¿Con qué dinero, Lázaro? —repitió Fátima sollozando.

Y recordé que Fátima era la única persona del mundo que sabía debajo de qué teja estaba escondido mi dinero.

—¿Le has dado el dinero? ¿Le has dado mi dinero a ese hijo de puta?

—Dijo que mataría a mis padres, me amenazó —lloraba Fátima.

No fui capaz de apartar la mirada de las marcas azules entre los dedos de sus manos.

—¿Te ha metido en el caballo?

Ella no respondía. Se me aferraba a las manos como una gata en celo hasta clavarme las uñas en las palmas. Sus rizos negros rozaban mi cara y la acariciaban con recuerdos del pasado.

—No importa, Fátima, vente conmigo, vámonos juntos a Australia, ya conseguiremos el dinero, dejarás esa mierda, vente conmigo.

—Tengo que irme, Lázaro, él me echará de menos, te matará; si te encuentra aquí, me matará, Lázaro, tú eres bueno, quería decírtelo yo misma, puedes castigarme, Lázaro, perdóname... Lázaro, tú eres un camello y yo soy una yonqui, ¿a dónde vamos a llegar?, ¿qué crees que habrá en Australia?: más cárceles, más policía, más chulos, sólo que ni hablaremos el idioma ni conoceremos a nadie...

Ya no la oía, sentía cómo lloraba a mis espaldas mientras me iba del café sin hacer nada por ella, sin ser capaz siquiera de abrazarla como el cobarde que soy.

Me hubiera gustado ser más joven y saber menos para poder enfurecerme con Fátima. En la cárcel me había dado cuenta de cuántas veces yo no había decidido sino que había dejado que los otros lo hicieran por mí, de cómo me había dejado llevar por las fuerzas de la vida de un lado a otro en busca de algo que no sabía cómo llamar, y que a veces llamaba Australia, y sin atreverme a conseguirlo. Así que no podía ser muy duro con Fátima; al fin y al cabo, ella me había hecho lo mismo que yo le hice a Ángel cuando me fui con su dinero y Ángel seguía allí fuera en la calle fumando un cigarrillo y esperando.

e invitó a tomar un café y acepté. Me hubiera gustado estar furioso o sentirme destro-
zado. No sentía nada. Sólo vacío, como si no supiera
qué hacer con el resto de mi vida. Fuimos a un centro
comercial en el que me parecía no haber estado nunca,
hasta que comenzamos a descender por las escaleras
mecánicas y, de repente, las reconocí. Eran las mismas
escaleras mecánicas que había visto por primera vez en
Madrid el día que decidí quedarme, a pesar de todo,
con Ángel; aparecían otra vez ante mí y esta vez me
producían pánico.

Me parecía que mi vida, como las escaleras, se deslizaba hacia abajo como una catarata por una alcantarilla y que yo me despeñaba con ellas en la mierda.

XI

EL BESO DEL CANGURO

Que no te bese el canguro», me había dicho Felipe, el gitano, la última vez que se pudo reír conmigo dentro de la cárcel. Mientras bajaba por las escaleras mecánicas hacia el aparcamiento donde estaba el coche de Ángel, sentía el asqueroso aliento de su beso en el cuello. En las piernas, el vértigo.

La primera vez que llegué a Madrid no conocía el vértigo. Cuando era más joven no lo sentía jamás; ahora de repente me dan pánico las escaleras de metal que desaparecen al final del camino, me da la impresión de que no tendré tiempo de saltar y seré devorado por la apisonadora metálica que convierte los pasos en algo más fino que el papel.

Manolo decía que el vértigo no era el miedo a caer sino el deseo de saltar.

Con cada año que pasa crece el deseo de saltar al abismo.

Salí del centro comercial con las manos en los bolsillos. Había comenzado a caer una lluvia fina que lo empapaba todo, hasta las ideas oscuras que se movían por mi cabeza.

No quería volver a la casa de Ángel. Había perdido a Fátima para siempre, nunca iría a Australia; ya no tenía contactos para vender chocolate ni ningún lugar adonde ir en el mundo.

Subí al coche de Ángel y dejé que condujera hasta el fin de la ciudad donde los cables de la luz tendían una tela de araña en torno a las rojas masas de ladrillo. Una valla publicitaria mostraba un hombre sonriente con dentadura de conejo delante de un gran cartel que decía NO ESPERE.

No esperaba nada, había vivido demasiado tiempo esperando que un día mi vida cambiaría. Que sucedería algo, que llamaría alguien, que comprendería algo.

Cuando empecé a vender chocolate le había puesto una cifra a mi suerte: dos millones. «Cuando pases de los dos millones, cambiará el viento, podrás irte a Australia y empezar un negocio». Cada vez que estaba a punto de reunir los dos millones, pasaba algo y me quedaba sin nada; justo el día antes de entrar a la cárcel tenía un millón novecientas setenta y cinco mil pesetas; una vez más estaba a punto de pasar la línea roja que separa a los que tienen suerte y los que no la tienen en esta vida, y entonces vino la policía y cortó la línea roja de un toque de sirena.

Y ahora estaba en el coche de Ángel (ese coche rojo que usaba para llevarme a las sucursales cutres del Infierno) y no creía en nada; había sido un estúpido. Aunque me fuera a Australia, mi suerte no cambiaría, siempre sería un pringado, me perseguirían las tías que no me gustaban y, si me colgaba de alguna, me dejaría plantado; si ponía un circo, me crecerían los enanos y, si llegaba un día a ver canguros, me comerían a besos.

Y Ángel estaba hablándome sin darse cuenta de que no quería escucharle.

Puedes cerrar los ojos pero no puedes cerrar los oídos. La voz de Ángel me trepanaba el cráneo como si fuera una gota de agua en la crueldad cutre de la vida, como si fuera la sangre de Manolo, la sangre drogada de Fátima, el ruido de mis esperanzas al caer.

—Yo te metí en la carcel y yo te saqué de allí, aunque vaya si me ha costado, con el lío en el que te has metido con el chocolate, y ahora estás fichado, no puedes hacer nada sin que la policía te caiga encima, porque ahora tienes antecedentes; no puedes volver a vender nada en una temporada, estás marcado, ningún proveedor querrá venderte...

No necesitaba que Ángel me dijera cómo estaban las cosas, lo sabía muy bien. Me pasé la mano por la barbilla; me había afeitado al salir de la cárcel pero mi barba había crecido en aquellas pocas horas como si fuera la mala leche.

La bolsa de plástico rojo en la que llevaba las cuchillas de afeitar y dos mudas era todo lo que tenía en el mundo. Todo lo que me quedaba de tanta lucha y tanto afán era un paquete de cuchillas de afeitar y dos pares de calzoncillos de algodón.

—Mi patria son mis calzoncillos —le dije a Ángel, y nunca he dicho una verdad más grande.

Ángel seguía hablando mientras el coche se había detenido en un atasco delante de un inmenso edificio blanco, la Mezquita de Madrid, que Fátima decía que tenía alabastro en la parte de los hombres y cal viva en los pasillos de las mujeres. Fátima... Quería olvidar cómo se agitaban sus pechos cuando sollozaba; Fátima tenía las mejores tetas que he visto nunca, unas tetas que nunca volvería a tocar...

Manolo decía que los hombres se dividen entre los que les gustan las tetas y los que les gustan los culos. A mí me gustan los imposibles.

Y Ángel se empeñaba en hablar del amor como si existiera. Puedo cerrar los ojos, quisiera cerrar los oídos.

Y tú no crees que el verdadero amor es dejarte marchar, que el verdadero amor es querer que seas feliz aunque yo no te vea, que el verdadero amor es saber la suerte que tuve al encontrarte y saber que aunque te vayas lejos siempre estarás dentro de mí.

Como si Fátima me hubiera dejado marchar por amor, el miedo de Fátima era más grande que su amor, si es que era amor, y no el cariño que te tiene un animal doméstico, lo que ella me había tenido.

—Y tú no puedes seguir aquí, a Manolo no le gustaría que te quedaras conmigo sin querer, yo nunca supe entender a Manolo a tiempo y ahora le comprendo mejor que nunca.

Un policía estaba increpando a Ángel:

—Aquí no se puede aparcar.

—Sólo unos minutos.

Estábamos delante de un edificio enorme y achaparrado ante el que se apiñaban montones de coches con las luces en intermitente desconcierto; señoras que empujaban carritos, señores que empujaban señoras, taxis, taxistas gritando y tipos de uniforme disfrutando del caos.

—No tenemos mucho tiempo. Tu avión sale dentro de una hora.

O sea, que aquello era un aeropuerto, de los de verdad, el único lugar del mundo con fronteras a todos los países, y Ángel me estaba alargando una cartera de cuero; la abrí: había un pasaporte nuevo con un nombre nuevo y una vida nueva pero con mi cara, dos mil dólares y un billete para Sídney. Me acojoné.

—No puedo irme ahora, no puedo irme así.

—¿Tienes algo mejor que hacer? ¿No quieres coger tu sueño por los cojones?

Mi sueño me había cogido a mí como si fuera un toro negro en una plaza a oscuras; me había clavado los pitones y se me había metido dentro. Era tan parte de mí y quemaba tanto como las ortigas con las que mi padre me restregó la piel hacía tantos años, la primera vez que quise ir a Australia.

—Vente conmigo, tío —le dije a Ángel procurando que no notara que sentía algo parecido al miedo.

—El viaje es muy largo y tengo pánico a volar. Volverás y estaré aquí. Uno no cambia de suerte por cambiar de país. Ahora he dejado los negocios sucios, me dedico a la construcción. Tengo un país entero para construir, un país para hacerme rico, kilómetros y kilómetros de costas sedientas de ladrillo —suspiró—. Es una verdadera pena que no te gusten los tíos. Y a ti no te gustan. No es lo mismo comer porque uno tiene hambre que comer porque uno disfruta de la comida. Mi comida tú no la disfrutas.

Pensé que iba a pedirme otra vez que me quedara con él. No quería quedarme. Me daba miedo irme. Tenía de repente miedo a volar.

—¿Y el visado? —le dije buscando una excusa.

—El visado te espera en Bangkok.

Ni siquiera le di un abrazo, tan ocupado estaba él en darme ánimos como a un niño en su primer día de colegio para que me fuera hasta que me fui. El altavoz me llamó por mi nombre y tomé el camino de Australia.

Pensaba que subiría al avión por una escalerilla que temblaría como la de los barcos y las películas. No fue así. Nada fue como me lo había imaginado. El avión estaba al final de un túnel con moqueta, alfombrado de rojo como la entrada a un reino secreto o la boca de un monstruo de feria. Mis piernas temblaban. No pude decirle adiós a Ángel con la mano como si fuera un héroe a punto de partir. La verdad es que no era un héroe.

El día que cogí el avión para Australia, el cielo estaba encapotado como si no fuera el cielo de Madrid. Las nubes eran grandes y oscuras y estaban de mala leche.

Por muy nublado que esté el cielo, por encima de las nubes siempre luce el sol. Eso lo saben todos los que, como yo, no se cagan de miedo al subir a un avión. Hay que subir más alto, más alto que la lluvia y el temporal.

Arriba nunca llueve.

Me lo había dicho Ángel: «Como ya has viajado en avión sabrás que, por muy nublado que esté el cielo, por encima de las nubes luce el sol».

Lo decía como si fuera fácil subir tan alto. Como si todos fuéramos capaces de volar.

Había algo más en el sobre que contenía el pasaporte y el dinero, reconocí la letra de Manolo y supe que lo había escrito para mí.

Mi vida ha sido el kamasutra de Kafka y no tengo nada que dejarte, Lázaro, sólo palabras. Yo creo en ellas, creo que las palabras cambian el mundo o al menos la forma en que lo vemos, que es lo mismo. Creo que en la vida no hay nada imposible, nada que no puedas conseguir si sabes cómo cerrar los ojos y más importante aún si sabes cómo abrirlos. Sé que todas las heridas cierran pero a menudo cierran mal, y que todo el mundo se enamora al menos una vez. Y sé que a ti también te llegará. Creo que no merece la pena querer a quien no te quiere, que debes luchar por quien amas, que es mejor llamar por teléfono que esperar a que te llamen y que si no luchas a muerte por la persona que te importa luego no tienes derecho a quejarte. Me gustaría que besases con los ojos abiertos y decidieses con los ojos cerrados. Creo que las cosas son mucho más fáciles de lo que creemos. Creo que es posible un mundo mejor y me gustaría que tú fueras una de esas personas que luchan por ello. Creo que no puedes llorar toda la noche ni reír todo el día. Sé que cuando te canses de llorar te darás cuenta de que tienes enfrente a alguien capaz de hacerte sonreír. Creo que sólo existe el ahora y que es nuestra obligación y nuestro derecho disfrutarlo. Creo que nuestro destino está escrito y que lo escribimos nosotros mismos. Le he pedido a Ángel que cambie el tuyo, ahora te toca a ti. No dejes que tu vida se convierta en el kamasutra de Kafka. Hazla sólo tuya.

Antes de despegar, saqué del bolsillo la foto del australiano de pie delante del termitero gigante que él decía que era un palacio de hormigas; estaba rota y descolorida como yo, no la había perdido en todos aquellos años y mientras nos contaban instrucciones de seguridad que de poco nos iban a servir si nos estrellábamos, pensé que iba a ir al otro lado del mundo, a las Antípodas, al lugar más lejano de mis encinas, donde caería una moneda si le hacíamos un agujero en la panza al mundo, si el mundo fuera redondo y feliz como una rosquilla.

Hasta ese momento, mi mundo había sido redondo como una granada, siempre a punto de explotar. Esperaba que a partir de entonces se pareciera un poco más a una rosquilla de anís, como las que me zampaba cuando era pequeño. Si no podía comérmelo, me gustaría por lo menos darle un buen mordisco.

El avión era una prisión blanca. No había dónde escapar del cielo. Nos repartieron calcetines y antifaces y, mientras apretaba la nariz contra la ventanilla, recordé las palabras del indio que tanto le gustaban a Felipe, el gitano: «Los muertos del hombre blanco olvidan su país de origen cuando emprenden sus paseos entre las estrellas».

Me pregunto dónde estará Manolo, si se habrá quedado en la tierra seca del cementerio, decidido a aburrirse con los juegos de los gusanos, o si él también viajará conmigo a Australia, convertido en el polvo de Madrid que se agarra a las alas.

Manolo decía que morir era como irse a la cama después de un día muy largo. Llegas a estar tan cansado de la vida que acabas deseándola. Yo estaba cansado pero quería vivir. De niño no quería ir nunca a dormir porque tenía miedo de no despertar. Por eso tenemos miedo de ir a dormir, y por eso tengo miedo de soñar. Y volar me da más miedo que nada porque es como soñar despierto.

E l gran canguro blanco que algunos llaman avión nos acogía en su vientre.

Dio el salto definitivo hacia arriba y el estómago se me escondió dentro del ombligo. Volábamos. No tenía tierra debajo de mis pies, sino kilómetros de aire transparente.

El avión volaba sobre la tumba de Manolo y por encima de la psicóloga que tenía los ojos de Estrella. Y siguió volando y voló por encima de la misma Estrella que seguiría oliendo a Nenuco y a colegio de pago en algún lujoso chalé de Vallvidrera; por encima de Lola, que leería poemas de Lorca a su nuevo y juvenil amante; sobre Esmeralda, que quizá se hubiera enamorado por primera vez mientras hacía el amor como un perrito bajo los naranjos; sobre el cadáver de Margarita comido por la coca y por los gusanos; por encima de los pechos de Fátima, que albergaban un corazón bueno y asustado.

El avión siguió volando y dejó atrás los ojos de Ángel, que seguían mirando al cielo mucho después de que yo me hubiese ido para siempre.